天下第一奇書
紫青雙劍錄
10
大結局
吸星·決鬥
倪匡 新著
還珠樓主 原著

# 目錄

# 【本冊簡介】

到了這一卷，主要的情節，集中在原書中一再提及的「峨嵋三次鬥劍」上。三次鬥劍是正邪兩方面的大決戰。在續寫中，主要是通過鬥法的行動，把正邪各派中幾個主要人物的下場，作一個交代。

像章狸和鳩盤婆，成了陰陽十八天魔的主魔。藏靈子逃不過天劫，綠袍老祖、血神子雖然復出，仍難逃被消滅的命運。

旁門第一人物丌南公的安排最有味道，他捨身啖魔，立地成佛——很符合本書一貫尊重佛法無邊的精神。而沙紅燕這個美女，讓

她跟了屠龍師太——也是本書中十分有趣的人物之一，可惜落墨不多，另有《北海屠龍記》一書專寫她的事，也沒有寫完。

本書有許多姐妹篇，不過都不算精采，要整理，更得大費精神，像《北海屠龍記》、《長眉真人傳》、《峨嵋七矮》等，都和本書有關連。

這實在是一本永遠寫不完的奇書，把書中任何幾個人物拿出來，就可以寫上十七八萬字，足證本書浩瀚無比，不愧是「天下第一奇書」。

又重看了一遍之後，覺得經過刪改續寫的版本，確然比原著更容易接受，更適合現代讀者的胃口——把一部奇書精簡化，讓更多年輕讀者有興趣看它，這自然是一件好事。

刪改出版之後，閒言閒語不少，好在本人一直我行我素，人家如何說，是他們家的事，與本人無尤。若有本事，也請續寫點來看看！

——倪匡

## 【上卷提要】

毒龍丸快要出世，引來以東海雙凶為首的一干妖人覬覦。雙凶昔年為長眉真人及極樂真人削去雙足，潛到海底修煉，自恃魔法高超，欲據幻波池。峨嵋二、三代弟子得枯竹老人所贈青葉靈符之助，最後追雙凶至柴達木盆地，更得乙休、凌渾及崔五姑援手，雙凶之一毛蕭元神被滅，另一凶章狸元神負創逃逸。

三仙遇藏靈子愛徒熊血兒，知藏靈子正開壇施法，以避四九天劫，三仙聯手相助；惜天威難抗，藏靈子兵解，幸保元神，丌南公施法助其元神凝聚。

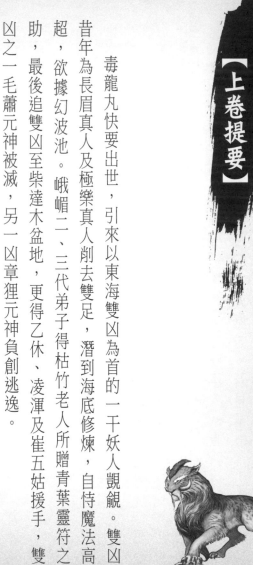

章狸欲投星宿神魔，反為其利用祭煉為陰陽十八魔的陽主魔，陰主魔則為鳩盤婆。朱文、金蟬、余英男追章狸至魔宮，星宿神君施展至高無上魔法，以黑地獄困諸人，再施七情迷魂陣。

三人被困，救援諸人又被天星魔網所阻，欲救無從，更有數人給引入黑地獄中，備受情慾試煉。

許飛娘本來邪法不弱，奈何撞到收取天蠍元胎毒煙的綠袍老祖手中，先失元貞。為取信於老祖，以保性命，惟有投其所好，供其淫樂，騙得天蠍元胎，再央綠袍老祖奪來毒龍丸，以使元胎和自己元靈結合，更向綠袍老祖本命神魔滴血立誓，此後受其所制，泥足深陷。

# 第一回 血神困豔 化敵為友

丌南公和乙休一起施展神通向星宿海而去，乙休的霹靂震光遁法，雖然瞬息萬里，但是始終未能趕上丌南公，還是南公先到一步。

南公一到，正是沐紅羽施展「落神坊」在急切猛攻之際。南公一眼看出，單是「落神坊」之力，難以攻破「天星神網」。自己此來，關係著千年威名，若是連「天星魔網」也攻不破，還有什麼面目見人？是以一到便自出手，將珍逾性命，輕易絕不肯展示給人觀看的一件至寶「五雷紫霆珠」，一起向下打去。

那「五雷紫霆珠」乃前古女仙女媧所煉，南公在無意之中得到，珍逾性命，仗著它已避過了三次天劫，本來還打算仗以抵禦最後一次重劫。此際事急，又看出單是「五雲神石」，未必能攻得破「天星神網」，還必須藉「落神坊」之助，二寶齊施，才能奏功，是以一到便自出手。

「落神坊」和「五雷紫霆珠」兩寶之威，果然非同小可，雖然兩件至寶一起葬送，但還是將「天星魔網」震開一洞，南公立時穿身而入。乙休後到一步，想要跟進去，魔網已然合攏，以乙休的神通法力，非但穿不進去，反而幾乎被困在魔網之內！

乙休掙脫魔網之後，遁身上去，等韓仙子帶著火旡害等三人趕到，說起丌南公一到便自攻破魔網，穿身直下，也不禁好生嘆服不已。

韓仙子又將屍毗老人的話一說，乙休不禁駭然，道：「以老怪物的神通，難道還會吃虧不成？」

韓仙子道：「那也難說得很，就這『天星魔網』，便不是你我之力所能破解的了！」

此際，以齊霞兒為首，各人紛紛前來拜見。禮見甫畢，便聽遠處傳來一個老婦人口音道：「霞兒過來！」

那語聲自極遠處傳來，齊霞兒一聽，便聽出是大荒二老之一盧嫗的口音，向乙休夫婦告罪，一縱遁光，循聲飛去，才飛出不遠，便身不由主，落向一個山谷之中。只見盧嫗寒著一張臉，坐在一塊大石之上。霞兒忙趨前拜見。

盧嫗道：「丌南公老怪物和駝子等到了，我再插手，顯得以多欺少，就算獲勝，將來也難免被枯竹老怪物恥笑。老魔的『天星魔網』，本是天外星辰，隕落世間煉成，非尋常法寶能破。與『吸星神簪』來源相同，本可相生相剋。但我『吸星神簪』威力，不是經我親自使用，不能發揮。除非你能用二十一日時間，等我傳你全部用法，你可願意麼？」

霞兒聞言，略一尋思，未曾立時回答，盧嫗已是面罩寒霜，令人望而生畏。霞兒一見勢頭不對，趕忙下拜道：「前輩見愛，晚輩願領教！」

霞兒雖然立時答允，但盧嫗已冷笑道：「我知你父是峨嵋掌教，師父又是佛門高人，未必瞧得起我的旁門左道！」隨即冷笑兩聲，又道：「可是要破『天星魔網』，還真非我『吸星神簪』莫辦啦！」

霞兒素知眼前這位老前輩法力極高，但脾氣古怪之極，一個應對不好，便有莫大後患，聞言說道：「晚輩絕無此意，只因事出突然，是以才……」

霞兒話未說完，盧嫗將手一拂，道：「不必說了，如今你願學，我也不願教了，剛才被許飛娘送來的女娃，叫什麼名字？」

霞兒恭敬道：「是師妹李英瓊新收弟子，叫沐紅羽，本是震岳神姥門下！」

盧嫗聽了，閉目片刻，道：「你叫她來見我！」霞兒還想說什麼，看盧嫗神色不善，不敢再說什麼，立時飛回，吩咐紅羽前去拜見。不提。

卻說丌南公仗著「五雲神石」和「落神坊」之力，將「天星魔網」攻穿一洞，直入魔宮，魔宮中其餘禁制雖多，卻再也攔他不住，直入中心殿堂，才一現身，便見哈哈老祖迎上前來，道：「南公果然神通廣大，古今一人，神君對南公之來，未能遠迎，頗以為憾。」

丌南公心高氣傲，哈哈老祖本來是邪派之中數一數二人物，但丌南公並不將之放在眼裡，聞言冷笑一聲，道：「他不想見我，也不要緊，被他困在『黑地獄』中的那些人，我卻全要帶走！」

丌南公以「落神坊」和「五雷紫霆珠」的威力，穿洞而入，哈哈老祖在總圖上早已看到，正在祭煉陰陽十八魔中的陰陽主魔的星宿神君，因「天星魔網」被攻穿一洞，心靈上也起了感應，立時間向哈哈老祖傳聲，告以應付之法，哈哈老祖胸有成竹，聽得南公這樣說法，冷冷一笑，道：「南公應知『黑地獄』經星宿道友多年經營，非同小可……」

老祖話未說完，南公已冷笑道：「魔教『黑地獄』中情形，難道我也不知道麼？」

老祖一擺手，道：「既然如此，南公請便！」隨著老祖手一擺，殿堂一角，這時現出一扇圓門來，緩緩打開，門內漆也似黑。南公一見地獄門開，便自運用玄功，向門內看去，以他千年修為，功力何等深厚，看去竟也只是黑沉沉的一片，不能見物。

丌南公不是不知魔教「黑地獄」的厲害，但自恃神通，地獄黑門一開，一聲長嘯，已然縱聲而起，全身青光迸射，立向門中投去。與此同時，身子也在迅速縮小，簡直成了一個青人，青光精純，轉眼之間，投入門中，只見無比黑暗之中，青光閃耀，越來越小，終於一閃不見，門也關上。

哈哈老祖在丌南公一投入「黑地獄」之際，便注視著地獄總圖，只見總圖之上，一線青光，迅疾無比向前疾射，轉眼之間，已到地獄中心，但到了黑獄中心之後，青線儘管光芒精純，移動迅疾，但只在方寸之地來回飛馳。

自青線之中，不斷有五色光華發射，且隱隱聽得霹靂雷震之聲傳來，顯然是丌南公已被「黑地獄」中魔陣困住，正在施法破陣，但急切間卻也難以脫困。

哈哈老祖雖也是邪派中數一數二人物，但對於丌南公這樣人物，不免也有些忌憚，如今一看這等情形，方知星宿神君魔法真高，也放下心來。

卻說落伽山黑神嶺之上，黑神宮中，自屍毗老人和韓仙子帶了三小一走，丌南公也自離去，沙紅燕得了藍田玉實，正在行法，宮中無人主持，丌南公幾個弟子，正在替受傷的幾個同門行法醫治，猛聽得宮外，響起了幾下刺耳之極，聽了令人全身發顫的笑聲。

這時，丌南公門下三代弟子，只有八十餘人，正齊聚在黑神宮大堂之中，丌南公走後，宮門外的禁制已自復原，正不知這笑聲自何而來。

眾弟子聞聲四顧之間，突然看到一條血影，正透過大門禁制掠身而入。南公門下弟子，見識法力也屬不凡，一見血影出現，紛紛呼叱聲中，十數件異寶已一起發動，但是法寶打到血影之上，血影絲毫無損。白血影之中，傳出一陣厲嘯聲，立時滿殿飛舞，見人便撲。被撲中的人，鼻端先聞到一股極濃的血腥味，接著眼前一花，便自被血影透體而過。

血影行動快絕，被撲中的人挨著便倒，轉眼之間，已倒了一大半。餘下眾弟子驚慌欲絕，告急信號不斷發出，一面勉力施法抵抗。

本來，這種告急信號一經發出，丌南公立可接到，不論相隔多遠，眨眼即至。但此際丌南公已身在「黑地獄」之中，告急信號全被魔法隔斷，丌南公並未收到。眾弟子見勢不對，邊戰邊退，各人全是一樣心思，只有沙紅燕法力最高，所傳法寶又多，全想將血影引到沙紅燕處，由沙紅燕出面對付。

這些人不是不知沙紅燕才得藍田玉實，正在吃緊關頭，不能受外來侵擾。但丌南公自身雖能潔身自愛，所收第二代弟子，已是良莠不齊，第三代弟子中，更有不少原是旁門中的窮凶極惡之徒，甘詞厚顏，托庇於丌南公門下，一到危急之際，哪還講什麼同門道義？有的為了自己逃命，竟不惜將同門推向疾撲過來的血影！各人若然齊心合力，血影還不能如此輕易得逞，這一同門互殘，血影更是大肆凶威，能夠奪門逃出的，不過十七、八人，血影如電，再一追上來，落後的幾個被血影透過，又自了帳。

前面奔逃的幾個，亡命飛遁，轉眼之間，來到沙紅燕所住宮殿之外，一到近前，不禁叫一聲苦！只見沙紅燕所居之外，全被一團極濃厚的黃雲所掩。眾弟子如何不認得那是師門至寶「混沌一炁陣」？憑自己法力，萬萬攻不進去，正在急叫求救間，血影也已經趕到，有幾個，只叫得半聲，便自被血影透體而過。轉眼之間，一個也未曾剩下！

這時，沙紅燕正在「混沌一炁陣」護身之下，正在運用玄功，藍田玉實已漸生功效，通體清涼，靈智空明，得益非淺，心中正在感激嵩山二老，想起自己近年來所作所為，屢次拉人下水，侵擾幻波池，心中正覺不安，忽然連接眾同門告急信號，還以為「神駝」乙休正在大展神威，心想自己這些年來胡作非為，大都是由於被眾同門摸準了自己心高氣傲的脾氣，出言挑撥，激自己出頭，與正派中人為敵，同門之中，本多旁門中不良之徒，以乙休的身分而論，也不會任意殺戮，借此清理門戶，未嘗不是好事，所以並未在意。直到那最後的十七、八人，來到「混沌一炁陣」之前，沙紅燕方始發覺到情形不妙。

丌南公那「混沌一炁陣」十分神妙，本是取兩天交界之處，昔年天地開闢以後，殘餘的混沌之氣煉成，陣法未展時，不過是鵝卵大小，深黃色的一枚寶球，只是奇重無比，不是法力極高的人，無法隨身攜帶，一經施為，將人困住，便在法力催動之下，化為清、濁二氣。清者上升，化為日月星辰；濁者下沉，化為山川河流，就和宇宙初成時一樣，具體而微。

被困在陣中的人，便根據本身心意和所習不同，齊受感應，陣中的山嶽河川，日月星辰，皆會發出極大的威力。火旡害、錢萊、石完等三人，被困在陣中，若是丌南公全力施為，三人絕無倖理。這陣不但能夠克敵，用來防身，更是威力無窮。

丌南公知道沙紅燕此刻不能受外界侵擾，是以用來護住沙紅燕。當時為了應付乙休，只是匆匆將用法傳了一個大概。後來丌南公被言語所激，到星宿海去，臨走時又曾傳聲吩咐沙紅燕，不論發生什麼事，只要身在「混沌一炁陣」之中，必可無礙。

沙紅燕身在陣內，聽到陣外眾同門的慘呼之聲不斷傳來。聽出發出慘叫聲的，全是同門之中法力較高的幾個，心中又驚又疑，略一施法，透視陣外，剛好看到最後一人被血影透體而過，倒地慘死！

沙紅燕一見血影，便認出那是人人談虎色變的血神子，心頭也不禁大是震動。想起乃師吩咐，如何還敢妄動。只見血神子凝立在陣外，先繞陣急速飛了三轉，動作快絕，倏忽若電，等到再行凝立，手一揚起，手指彈處，一股紅得耀眼的紅光，向前激射而出。

那股紅光才一射出，沙紅燕護身的黃雲，便自激起千重旋渦，將紅光阻住。血神子五指連彈，轉眼之間，發出了五股血光，身子也遁空而起。

血神子邪法本就極高，決不在兀南公之下，這時，在轉眼之際，連殺八十餘個兀南公門下弟子，在透體而過之際，功力大增，更是非同凡響。身子遁空而起，五股血光緊緊抓住了「混沌一炁陣」。

沙紅燕只聽得一下震天動地的巨響，頂上宮殿，化為萬千碎片，向外四下飛濺，已被震坍，血神子人已在百丈之上，血光仍然發自他的指上，越向下射越粗，仍將黃雲緊緊裹住，猛地一下震盪，那方圓只在十畝以上的一大團黃雲，竟被五股血光抓緊，硬生生向上提了起來！

同時，沙紅燕感到，那五股血光不但緊包在黃雲之外，竟還在慢慢自黃雲之中滲了進來，鮮紅欲滴，看了令人心頭起一種說不出來的厭惡之感，神魂欲飛，心靈大受震動！

沙紅燕這一驚，實是非同小可，心知一被血光滲入，自己必無倖理，一面向丌南公告急，一面照著丌南公所傳之法陡然發動，黃雲陡地向外暴漲，同時無數「戊土神雷」一起向外射出，紛紛爆炸。

那一漲和無數「戊土神雷」之威，果然非同小可，將附在黃雲之外的五股血光蕩開了些，沙紅燕覺出身子一輕，立時加急施為，帶著「混沌一炁陣」向西急飛。

血神子發出一聲怪叫，自五股血光之中，射出無數血也似紅的血絲，射向還在化生億萬，紛紛攻來的「戊土神雷」，挨著便將雷火消滅，隨即五股血光又向黃雲抓來！此時，沙紅燕帶著「混沌一炁陣」向前急馳。她對全陣不能應用自如，只能使之暴漲，無法令之縮小。

整團黃雲，只有數十畝方圓，向前排空急飛之際，激起洪厲之極的轟然之聲，後面是一條血影，手上射出五股百十丈長的血光，緊隨在後。雙方的勢子全都快絕，瞬息千里，頓成亙古未有之奇觀。

沙紅燕竭力運用玄功，可是幾次回頭看去，血影卻越追越近，而且看得多了，血影如虛如幻，像是已經侵入黃雲之內！

沙紅燕心知師傅至寶，敵人雖然厲害，不致就此便被侵入，必是對方邪法厲害，趁自己心慌意亂之際，行法暗算，嚇得不敢再看，只是加功向前急駛。但是黃雲後面的血神子，飛駛之勢更快，五股血光陡地射向前，血光前端，已將黃雲搭住！

血影一將黃雲搭住，黃雲的去勢立時慢了下來。沙紅燕只覺得一股強大之極的力量，將自己拉得反向後縮去，不由得亡魂皆冒！

她一路飛馳之際，求救訊號不住發出，照說師父早就應該來到，偏偏一點回音也沒有，連運玄功向前掙扎，四周的吸力卻越來越重。定睛一看，黃雲之外，已全被血光包住，壓得黃雲漸漸向內縮來。沙紅燕身在黃雲之中，只覺壓力之重，壓得全身欲碎，忙又將所有法寶一起放起，織成一片光網，將全身護了一個風雨不透。

她這裡才以法寶將身護住，便聽得極其淒厲難聽的叫聲，自四面八方傳來，入耳心神旌搖，不能自制。同時看到包在黃雲之外的血光，正化成萬千縷血絲，正在緩緩侵進黃雲來。

雖然，絕大多數血絲，未曾侵入黃雲之內，便在雲氣急旋之下，化為烏有。但血絲實在太多，還是有幾絲被侵入黃雲之內。血絲一進入黃雲之中，立時擴展，化為一條一條血也似紅的人影，雖不如血神子原身那樣鮮紅欲滴，看來也是怵目驚心。

沙紅燕這時身外寶光少說也有十數層之多。除了丌南公自煉的法寶之外，有幾件還是得自海外得道多年的散仙，威力盡皆非凡，但黃雲之中，血影一多，鼻端還是聞到了血腥味，而且越來越濃。

沙紅燕心中驚駭莫名，眼看敵人這樣厲害，身邊有幾件厲害攻敵法寶，也不敢隨便發出，惟恐寶光開合之際，被血影趁隙而入。已侵入黃雲之中的血影，也越來越多，轉眼之際，已有十七、八條之多，環繞在沙紅燕的護身寶光之外，來回飛馳，張開雙臂，作勢欲撲，形狀獰厲可怖，再加上所發出的厲嘯之聲，沙紅燕只覺得心靈震動，若非功力修為不比尋常，萬難支持下去。正在苦苦支撐之際，忽聽厲嘯聲加劇，六條血影倏地合而為一，血色加濃，雙手伸處，逕向最外一層淡綠色的寶光抓來。

那層淡綠色的寶光，乃是沙紅燕得自東海冬荷島島主的一面寶網，用來防敵，最具神效，但此際血影一抓，竟然隨手抓起，一片綠雲離身，血影雙手一搓，厲嘯聲不絕，已然將之搓散，立時又向第二層銀光抓來，嘯聲也自震耳欲聾。

沙紅燕見此情景，心中剛嘆得一聲：「罷了！」心知對方邪法太高，自己照這樣守下去，時間一長，必然難逃毒手，有心想將得自九烈神君處的三枚陰雷向外發去，試上一試，卻又在舉棋不定。

就在此際，只聽得有一個少女聲音道：「這不是血神妖孽麼？」

另一個少女聲音道：「果然是他！」

這兩個少女口音，聽來甚是耳熟。此際血影厲嘯之聲何等洪厲，少女的對答之聲，聽來卻如同就在身前，清晰無比，沙紅燕正想出聲，又聽得另一女子口音道：「血神妖孽神通廣大，當年峨嵋開府，眾師長也只不過能使他受創逃走，我們如何能敵？況且被血光圍住的那團黃雲，看來也不像是什麼好路數，我們還是不要多管閒事的好！」

沙紅燕這時已經聽出，最後一個說話的，不是別人，正是癩姑，而前兩個對答的，則是李英瓊和易靜。沙紅燕心中，不禁又驚又愧，想不到自己在萬分危急之中，竟會遇上了這三個對頭！

沙紅燕心知英瓊、易靜、癩姑三人，各有所長，隨身至寶又多，這三人若肯出手，至不濟也可以暫解困厄，再等來援，若是三人袖手，自己萬無倖理！可是一向生性高傲，若是要向這三人開口告饒，卻又下不了這口氣。心中略一猶豫之間，那層護身銀光，又被血影抓走，化為一天銀血消散。

沙紅燕心知自己再不服軟，萬無倖理，想了一想，忙運玄功急叫道：「三位道友，我是沙紅燕，家師正往西崑崙星宿魔宮，去解救被困在『黑地獄』中的峨嵋道友，血神妖孽趁隙來襲，黑神宮中眾同門盡遭毒手，只我一人在此與他苦鬥，三位若是出手，若能將此妖孽除去更好，若然不能，也使他受創而逃！」

沙紅燕功力也自不弱，一運玄功，語聲可以直透九天，她語還未了，便聽得癩姑道：「你們聽聽，她師父法力那麼高，連峨嵋弟子被困在魔宮『黑地獄』中，都要她師父去救，怎麼自己愛徒在此，反倒不理了？必是另有安排，我們還是不要貿然出手的好！弄得不好，一片好心，有誰知道，反倒被人譏笑！」

接著便是易靜道：「二妹說得不錯，反正我們也不急於趕路，就在一旁，看看旁門第一高手大展神通，你們看如何？」

隨又聽癩姑拍手說道：「說得是！」

沙紅燕聽了，心中不禁連珠價叫苦！若依她脾性，早已破口大罵。但此際情形實在危急。那層銀光被抓走之後，血影已攻向一層黃光。那層黃光是昔年丌南公連哄帶騙，軟硬兼施，向土精要來的戊土之精所化，十分神妙，血影幾次撲上來，皆被黃光之中射出的百十股黃氣擋退，暫時雖可無事，但只怕也支持不了多久。

沙紅燕一咬牙，又道：「三位道友不必譏嘲，以前我數次侵擾幻波池，確有不是之處，但如我命該絕於血神妖孽之手，靈嶠仙子，赤杖真人，必不致移請嵩山二老，將藍田玉實替我帶來。血神妖孽如今正在全力對付我，三位若能趁機立此不世奇功，何樂不為？」

沙紅燕話才說完，便聽得癩姑哈哈大笑，英瓊的厲聲斥叱之聲，同時傳來。她人在黃雲、血光包圍之下，看不清外面情形，也不知發生了什麼事，但英瓊斥叱，顯然不是對自己而發，心中不禁一寬。

血神子追沙紅燕，便宜了藏靈子，不然血神子一搜黑神宮，藏靈子元神雖有丌南公法寶相護，也必無倖理了。如今血神子只管追沙紅燕，藏靈子才得保無礙，終於在南公靈藥相助之下，元神日漸凝聚。不提。

卻說英瓊、易靜、癩姑等三人，本是由幻波池起程，到星宿魔宮去，一路向西飛馳，遠遠看到血神子追沙紅燕，五股血光一將黃雲擋住，立時包上來，將五、六十畝方圓大小的黃雲一起包沒。

血神子當空而立，左手連彈，每彈一下，便有一滴其紅欲滴的鮮血，向前濺去，穿過血光，緊附在黃雲之上，化為縷縷鮮血，向黃雲之內滲去。

三人隔得不遠，本看不透黃雲中人是正是邪，英瓊心急，首先發話。癩姑見多識廣，認出那團黃雲，像是昔年曾聽眇姑說起過的，丌南公的「混沌一炁陣」所化，是以英瓊一開口，她便暗施佛法，將語聲直送過去。

及至沙紅燕一回答，三人一聽被困在血光之中竟是這個對頭，依著易靜、癩姑的心意，便想拋開不管，但英瓊卻已待出手，癩姑向英瓊連施眼色，故意表示不管，非要沙紅燕服軟不可。

英瓊聽沙紅燕二番發話，笑道：「她能這樣說，已經不容易了，莫非真要她告饒不成？」

癩姑笑道：「你不知何時忽然這樣好心腸起來，血神妖孽，並非易與，你有對付之法麼？」

易靜道：「這妖孽身兼正邪兩者之長，幾近不死之身，看來只有紫郢劍，是長眉祖師昔年煉魔至寶，能使他有所忌憚！」

三人停空交談之際，本在百里之外，沙紅燕兩番發話，血神子已知來了敵人，也在施法準備。易靜語還未了，英瓊一聲嬌叱，紫郢劍化為一道紫虹，如經天長虹，電射向前！

此際，英瓊的功力已然極高，紫郢劍的聲勢更是非同小可，匹練也似一道紫虹向前飛出，只見血神子當空凝立的血影，倏地一分為二，其中一條，竟然向著紫郢劍迎了上來！

血影才一迎上來，紫虹一捲，血影便齊中斷開。斷開之後，血影立化為二，隨著紫虹飛舞，二化為四，四化為八，轉眼之間，化成不知多少萬千百條血影，竟將紫虹緊緊纏住！

癩姑一見，手揚處，一道金碧色形如新月的寶光，也飛射而出，「屠龍刀」已自出手，血神子原身之上，又飛起一條血影，照樣迎了上來。

「屠龍刀」寶光過處，儘管將迎出來的血影隨斬隨斷，但是血影越化越多。易靜也將「阿難劍」放出，「阿難劍」雖是一真大師所煉，但威力比起紫郢劍、「屠龍刀」來，畢竟不如，血神子又飛起一條血影迎上來，「阿難劍」的劍光一被血影纏住，竟是勢子沉緩，不像「屠龍刀」和紫郢劍，儘管在無數血影糾纏之下，依然如矯龍鬧海，飛舞不已。易靜見勢，三顆「牟尼散光丸」接連發出，向血神子射去。血神子仲指彈出三點血光，迎著「牟尼散光丸」，一起爆散。

這時，英瓊已將佛門「定珠」放起，一圈畝許大小的祥光，將三人一起護住，先居於有勝無敗之地。接著，纖指一彈，一點紫瑩瑩的燈光，向前冉冉飛去。紫郢劍的紫光強烈，映得滿天皆紫，這一朵紫色燈火，在紫郢劍光芒之下，淡得幾乎不是目力所能辨認，去勢冉冉，絲毫沒有任何破空之聲，但看來去勢甚緩，實際卻是快絕，一眨眼之間，已經飛到血神子身前。

血神子究竟不是尋常妖孽，一見英瓊放起「定珠」，已知以自己一人之力，莫奈「定珠」何，心念電轉之間，猛地瞥見一朵紫焰，已然來到身前，一看便認出那是九天仙府的至寶「九天兜率火」，其威力猶在佛門「心燈」之上，若被打中，雖不致形散神消，也必然要受重創！一聲厲嘯，血影陡地拔空而起。

隨著血影迅疾無倫地向上升起，包在「混沌一炁陣」之外的血光，和他三次幻出的三條血影已化成億萬條的血影，竟立時擺脫了紫郢劍、屠龍刀、阿難劍的羈絆。

億萬條血影向上升去，與原身合一，立時隱入原身之中，才一眨眼間便自不見，去勢快絕！

這一下變化，連英瓊近年來功力精進，而且久經大敵，也意想不到，真是突然已極，耳聽得癩姑叫道：「快收『兜率火』！」

可是變化實在太倉促，癩姑語還未了，「兜率火」已然打到了黃雲之中，直沒入黃雲之中，緊接著，驚天動地一聲大震，整團黃雲，在紫火流竄之中，一起炸散開來，化為千百團，四下飛舞。

黃雲一散，只見內中一幢各色寶光交織的光幢，也被疾拋了出來，如同驚濤駭浪之中的小舟一樣，被拋得在半空之中，上下跳擲，旋轉不已，顯已失了主宰。

這一下變化，英瓊、易靜、癩姑三人，也被鬧了個措手不及，手忙腳亂。心知「兜率火」去勢如此之快，本是英瓊動念即回的法寶，竟然未能收轉，必是血神子在臨走之際，做了手腳，想借「兜率火」一震之威，將沙紅燕震死。如今沙紅燕護身寶光仍在，但看來已受制，那被震散的黃雲，仍在四下亂舞，癩姑一縱身，正待向那幢寶光飛去，忽聽半空之中有人叫道：「三位姊姊且停手！」

三人剛認出是「仙都二女」謝琳的口音，寶光奪目，七色祥光，映得滿天皆成異彩，「七寶金幢」已在半空出現，緩緩轉動，祥雨霏霏，靈光萬道，本來四下飛射的千百團黃雲，紛紛向後緩緩轉動的「七寶金幢」之中投去。一被金幢的寶光吸住，便自發出「嗤嗤」聲響，化為一縷縷黃雲，消散不見。

轉眼之間，黃雲盡數消滅，謝琳才現身出來，向三人行禮，笑道：「不是小妹賣弄，實因這些黃雲，本是天地間殘剩的混沌之氣，被老怪收來，煉成法寶。這些黃雲，其小若拳，便重萬斤，若是下沉到地面，鑽入地底隙縫之中，直沉入地肺，引發地底蘊藏萬年的地底陰火，立成巨災，是以非先藉『七寶金幢』之力，將之全數消滅不可！可笑ㄦ南公老怪物，既將這類寶物交人防身，偏又不傳使用之法！」

謝琳說話之間，神態仍是那樣天真，也不見她有任何動作，「七寶金幢」已被收起。同時，自她袖中，飛起一片祥光，將仍在旋轉不已，把沙紅燕的護身光幢托住。英瓊等三人素知謝琳自練絕尊者的《滅魔寶籙》以來，法力日高，此際她舉重若輕，自嘆不如，好生敬服。

雙方禮見之後，謝琳道：「沙紅燕被『兜率火』一震之威震昏過去，但不久自會醒轉，我不願與這等人相見。家師說，星宿海魔宮『黑地獄』極其凶險，連她也直到近日才推算出已然與以前大不相同，連丌南公去也不能討好，我回山覆命之後，必向家師懇求前往，到時再詳談吧！」

英瓊等三人正想出言挽留，謝琳將手一揚，一片祥光過處，人已不見。三人回頭向沙紅燕護身光幢看去，只見沙紅燕人已經醒轉，收起法寶，滿面驚魂之色，站在一旁，顯是不知如何開口才好。

沙紅燕人本美豔，此際臉上那一股青氣，已因藍田玉實之功消散。又當大敗之後，九死一生之餘，神情惶惑羞慚，和以前幾次對敵那種唯我獨尊，暴戾凶惡的神態，全然不同，看來楚楚可憐。三人一看，心中首生好感。

癩姑首先道：「沙道友，為了對付血神妖孽，不慎將令師的『混沌一炁陣破』去，幸勿見怪！」

# 第二回　各有機緣　損毀至寶

沙紅燕聽了，心中更是一凜，緩緩飛過，向三人施禮，道：「三位道友不念舊惡，感激莫名，大德不言謝，我也無話可說了！」

易靜笑道：「大家全是修道人，又不是凡夫俗子，何必多言？」

沙紅燕向英瓊看了一眼，心中猶恐英瓊嫉惡如仇，不肯諒解。一看之下，見英瓊面帶笑容，顯然並無再責怪之意，心中一寬，陡地心中一動，欲語又止，低下頭來。

英瓊等三人看出她神態有異，癩姑道：「沙道友有甚話要說，不妨直言！」

沙紅燕抬起頭來，道：「師門恩重如山，我適才想到的，實不宜宣諸於口，還是不說吧！」

三人一時之間，均不知沙紅燕這樣說法，是何用意。

易靜道：「我們要到星宿魔宮去，令師也在彼處，我們何不一起前往？」

沙紅燕聞言大喜，答應不迭，四人化敵為友，聯合一起，正待向西飛行，忽見一溜銀光閃耀，其急若電，自東而來，一閃便到眼前。易靜一伸手，已將銀光接在手中，卻是一枚棋子，銀光閃耀。

只聽在棋子之上，傳出一個老人聲音，道：「星宿魔宮早去無益，靜兒何不歸家一行？」

英瓊、癩姑、沙紅燕三人一聽，便知那是易靜之父，南海玄龜殿散仙易周所發，一起恭立在旁。

易靜道：「孩兒不是一人，還有兩位同門，和沙紅燕道友一起！」

棋子之上，易周的聲音又傳來，道：「不是為有沙紅燕在，我還不叫你回來哩！」

沙紅燕在一旁聽了，心中一動，正想開口，棋子上的銀光忽然消失，托在易靜掌心，只是一顆普通的白玉棋子。

各人知道易周的法力極高，隨便取上一件物事，施法之後，便能相隔萬里，傳音如在眼前。此老又精於先天易數，善知過去未來，突然見召，必有原因，沙紅燕心中尤其著急，但新近才和三人化敵為友，自然不好意思自行作主，只是望著易靜。

易靜略想了一想，道：「家父既然要我們去，我和沙道友一定要應命，瓊妹和二妹，去不去卻是隨意。」

癩姑笑道：「久聞易老伯大名，瞻仰神采，已是素願。況且我們全是晚輩，蒙施一兩件法寶，還少得了麼？怎可不去！」

一番話，說得三人全笑了起來。當下一起轉向東飛去。

沙紅燕不甘示弱，盡全力跟在三人身邊，看三人說說笑笑，仍是毫不費力，自己卻要盡全力才堪堪跟上，心中更是敬服。

不消半日，已飛臨南海，不多久，見腳下一團白雲散開，玄龜殿已到。四人在殿前石臺之上降下，幾個易家子侄迎上來，引四人進去，直到易周平日靜坐的一個偏殿之外。

四人莊容走進，只見殿上雲床之上，坐著一個老者，鬚髮如銀，面色紅潤，神情和藹可親，正是易靜之父，前輩散仙易周。

易靜首先上前拜倒，英瓊、癩姑也隨前參見，沙紅燕也行以後輩之禮。

易周也不客氣，只是略欠了欠身，對沙紅燕笑道：「我日前偶參易數，得知群仙劫運將臨，正邪各派因氣運所繫，勢如水火，連平日早已心如止水，退隱已久，不問世事的幾個人也不能免。如今師丌南公，便是在劫中人！」

沙紅燕畢竟和丌南公三生情孽糾纏，此生又被度在南公門下，師恩深厚，聞言憂形於色，忙道：「易前輩可是算出家師前途大是凶險麼？」

易周兩道銀眉微微向上一揚，道：「天機不可洩露，星宿老魔的魔法極高，又擅於顛倒陰陽之術，他魔宮『黑地獄』中詳情，不是親身經歷，連我也未能詳悉，我只知令師已拚著葬送兩件至寶，攻穿『天星魔網』，直入魔宮，吉凶如何，尚自難料！」

沙紅燕聞言，大是著急，但易周只是初見，易靜、英瓊、癩姑三人又是新交，以前還是仇敵，自難出言相求，一時之間，不知如何開口才好。只聽得易靜道：「爹爹既已算過，自然早有安排了？」

易周微微點頭，望著沙紅燕，道：「我知你身邊還有一件至寶，乃是昔年令師和『鬼母』朱櫻合煉，喚作『三陰地火鑽』，是也不是？」

沙紅燕一聽，心中便是一凜。若換了以前，定必矢口否認的，甚至心生猜忌。因為此寶乃師門之秘，當年丌南公借「鬼母」朱櫻之力合煉，採地底陰火之精，兩人窮三十六年之力，方始煉成。本來講好寶成之後，每人保管一年。但是寶成不久，鬼母便自兵解仙去，丌南公便將此寶獨吞，向來秘而不宣，只有沙紅燕一人知道。

這「三陰地火鑽」的功效，猶在「碧磷沙」之上，發時一道鑽形寶光，尖端有三股碧熒熒陰火向前射出，不論山石沙玉，遇著便化為烏有，用來穿地而行，擅破正邪各派的各類禁制，更妙在一絲聲色也無，端的是神出鬼沒，神妙無窮。

但此寶在祭煉之際，「鬼母」朱櫻出的力比丌南公多，深入地肺，採集陰火精粹，煉成之後，卻被他獨佔，說出去總不十分光彩。況且法寶雖然厲害，若有這樣一件法寶被人知悉，徒使各派更增防禦。

再加另有一種極秘密的關係，所以一直秘而不宣，雖然交給沙紅燕保管，但是嚴禁使用，是以沙紅燕幾次被困幻波池，寧願拚著受傷，另以他途逃生，也不敢輕易使用此寶。這樣的一件師門大秘，易周卻道來如數家珍，沙紅燕心中如何不驚？

當下略想了一想，心知易周此際提起，必有深意，人家既已知道，自己瞞也無用，是以道：「是，但此寶家師嚴禁使用，晚輩一直放在身邊，從未用過！」

易周微笑道：「你已知令師被困在『黑地獄』中，『天星魔網』無法攻破，難道不打算使用此寶，由地底攻入魔宮嗎？」

這一番話，更說中沙紅燕心事，低頭不語。

易周嘆道：「令師在『黑地獄』之中，仗他千年修為，雖然在劫難逃，但總可以逢凶化吉。但如果你一進去，令師要為你分心擔憂，那就難說得很了！」

沙紅燕本已覺得心靈震盪，兆頭大是不妙，一聽得易周這樣說法，更是大驚，連忙屈膝跪下，道：「只要事情對家師有利，前輩但有吩咐，無不遵命！」說時，惶急之情溢於言表。

易周笑道：「你能這樣，當然再好沒有，我已約了一位好友來此，對你將來，有絕大關係。你若信我，可將『三陰地火鑽』交由小女易靜，由她們三人使用，從地底攻進魔宮，如遇被困魔宮底下山腹之中的鄧八姑和南海雙童，不可與之會合，則對令師和我被困『黑地獄』中的峨嵋子弟皆有好處，你可願意？」

本來，以沙紅燕的性情，決不肯將師傳秘而不宣的至寶輕易給人，但她畢竟幾世修為，自在血神子妖法之下死裡逃生之後，細想前因後果，已有所悟，聞言竟不假思索，慨然言道：「前輩如此吩咐，怎敢不從！」說著，便自身邊法寶囊中，取出那「三陰地火鑽」來。

易靜、英瓊、癩姑三人在旁，聽易周說得鄭重，並還暗示自己三人，要借重此寶方能由地底攻進魔宮去，一齊向沙紅燕手上看去。

只見沙紅燕手中所托，不過是五寸來長，細才如指，其色漆黑，看來非金非玉，頭銳尾豐的一根物事，除了前頭尖銳處，隱見三道血也似紅的紅絲在隱隱顫動，似於離體飛起之外，別無特異之處，心中均十分疑惑，暗忖：「以自己三人之能，身邊法寶之多，莫非還不及這毫不起眼的一根黑鑽。魔宮下山腹中的禁制，既然連鄧八姑都被困住，莫非這三陰地火鑽的威力，尤在八姑的『雪魂珠』以上？」

三人口雖不言，但易周似已知三人心意，向三人微微一笑，道：「物性各有相剋，天星老魔在魔宮下所設各種禁制，原極厲害，但全為對付各正派法寶所設。若是『鬼母』朱櫻還在，自然有所忌憚，但『鬼母』朱櫻已然仙解，老魔再也想不到還有這件法寶留在人間，足可攻其不備！」

易周說時，將手一招，托在沙紅燕手中的「三陰地火鑽」，便自緩緩向易周手上飛去。沙紅燕一見，又是吃了一驚，心知對方法力高絕，明是好言相求，實則以對方法力而論，既知自己身懷此寶，若要硬奪，也是不費吹灰之力，心中更生讚佩。

易周取寶在手，略一把玩，嘆道：「此寶合兩大旁門高手之力煉成，堪稱旁門第一異寶，沙道友慨然相贈，感何如之！」說到這裡，抬頭笑道：「大師我說如何？此女心意，和以前大不相同，並非不可造之材，佛門普度莫非還要見拒麼？」

易周在忽然之間，抬頭向上發話，沙紅燕等四人均大是驚訝，心想聽易周的口氣，分明還有一位佛門高人在附近，而且和沙紅燕大有關連，不知是誰？

四人正在想著，各人心情不同，沙紅燕一怔，陡地福至心靈，立時屈膝跪下，雙手合十，一言不發，眼觀鼻，鼻觀心。竟像是虔心禮佛一般。

而癩姑在剎那之間，心靈也大受震動，剛覺出有一個自己至親至愛的人，就在身邊不遠處，想要潛心默思之際，已聽得半空之中，傳來一個極其洪亮的聲音道：「易周老兒又來多事，可知這一來，至少要阻我遲一個甲子才能飛升麼？」易周呵呵大笑道：「遲一甲子是飛升，早一甲子是飛升，大師佛門高人，何拘泥乃耳！」

癩姑一聽得半空中傳來語聲之際，便已叫起來，一面叫，一面向上張望，只見殿頂之上，紅光一閃，霹靂一聲，現出一個身形高大，貌相醜陋的女尼，正是癩姑的前師，屠龍師太，善法大師！

癩姑叫一聲：「師父！」直撲向前去，翻身便拜，屠龍師太一拂衣袖，一股大力將癩姑阻住，說道：「你師父自在南海煉寶，為何亂叫！」

癩姑用盡氣力，也拜不下去，雙目含淚，站立一旁，似有無限委屈。

屠龍師太正色道：「仙佛本是一家，你不是佛門中人，何苦強求？」

癩姑心中難過，道：「師父，弟子資質，莫非還比不上——」說到這裡，向跪在一邊，對眼前所發生的一切視若無睹的沙紅燕望一眼，不再向下說去。

一旁易靜、英瓊兩人，也早已看出，易周將屠龍師太請來，竟大有要令沙紅燕拜在屠龍師太門下之意，心中也各自替癩姑不值。

癩姑改投峨嵋門下，仙佛本是一家，說不出誰好誰壞，但是屠龍師太只有癩姑、眇姑兩個弟子，眇姑是傳衣缽的大弟子，不去說她，若再收沙紅燕為徒，當初何必一定要癩姑改投峨嵋門下？

兩人一面想，一面向屠龍師太看去，只見屠龍師太神情威嚴，目射精光，注定癩姑，道：「說你不是佛門中人，你還不服，連人各有機緣都不知道！你自有你的機緣，她自有她的機緣，說什麼你不如她，她不如你！」

屠龍師太雖然對癩姑在說話，但在一旁的英瓊、易靜二人聽了，心中也不禁悚然而驚，立時心頭坦然，再看癩姑時，嘻著一張闊口，已完全恢復原來神態，顯是頓有所悟，心靈明徹，只是笑著，不再出聲。

屠龍師太這才向沙紅燕望去，只見沙紅燕膝行向前，道：「佛門廣大，求師父不念過去，收錄門下！」

屠龍師太大喝一聲，道：「有甚過去？」

沙紅燕一凜，面上神采更見平和，忙道：「是，本無過去！」

屠龍師太又道：「你明知佛門廣大，為何還要求我收錄，不自己走入佛門？」

沙紅燕神色祥和，微笑道：「是，弟子說錯了，弟子本可自入佛門！」

語還未了，只見一陣輕風過處，沙紅燕頭上一蓬青絲已盡數脫落。沙紅燕人本美豔，這一來，更是寶相莊嚴，不在「聖姑」伽因之下。

只見沙紅燕一面笑著，一面已站了起來，仍是雙手合十，屠龍師太呵呵大笑，袍袖一拂，滿殿紅光亂閃，只聽霹靂之聲，自近而遠，極其迅速傳開去，殿中屠龍師太和沙紅燕已然人影不見！

易靜嘆道：「想不到沙紅燕有此好結果！」

癩姑笑道：「易師姊又來了，各有各的機緣，你羨慕他人則甚？」

易靜聞言，一笑便不再言語。

易周隨將「三陰地火鑽」的用法，詳告易靜，並授以機宜，道：

「英瓊佛門『定珠』，威力至大，正是一切邪魔剋星，深入魔宮之後，遇到同道，萬不可分開，要仗『定珠』護身，切記切記！」

易靜等三人拜謝，易周道：「我叫你們前來，已延阻了些時，待我送你們一程如何？」

三人齊聲道好，易周一揚手，一片明霞自袖中飛出，托住三人往殿外飛去，才一出殿，越過外平臺，便見眼前一片混沌，呼呼風聲不絕，身在明霞包圍之中，也看不出明霞以外的情形，更不覺去勢如何快疾。

三人剛在心忖：「這樣飛法只怕比自己光遁還慢，何時方到得了星宿海？」

突覺明霞向下一沉，自己落地，明霞捲起，只見落在萬山千嶺之間，也不知身在何處，只覺向西看去，隱見一峰，高出雲表，峰頂之上，有一片烏雲籠罩，烏雲上又有十數道各色霞光，閃耀不已。

三人心中思疑，只聽得明霞之中，傳來易周的聲音，道：「此處離星宿魔宮尚有八十里之遙，你們不必趕去和『天星魔網』之上的各人會合。魔宮禁制，遠及百里之外，此處已在禁制之內。你們三人以『三陰地火鑽』開路，隱形相隨，不必再用其他法寶。你們一入地下，老魔必然覺察，但暫時必不能察破有人隱形在後，還只當異寶自行攻穿禁制，向宮中飛來，必然心生貪念，想將此寶收歸己有，反會開放沿途禁制，以免兩敗俱傷，等到他發現上當，你們已進入魔宮之中！」

語聲甫畢，那片明霞也自一閃，突然不見。

三人這才知就在頃刻之間，早已飛越重洋，遠馳萬里，心中好生嘆服。當下依言行事，先將身形隱起，由易靜取出「三陰地火鑽」，依法施為，只見那「三陰地火鑽」一經施為，立時離手飛起，暴漲為丈許長短，尖端三股陰火，激射而出，其色深紅，了無聲息。

易靜將手一指，三股陰火射向地面，山石沙土一經觸及，立時如雪向火，消熔無痕，三人縱起遁光，跟隨而下。

下沉數十丈之後，易靜又將手一指，「三陰地火鑽」改向前飛，陰火射之不已，一點聲息也沒有，去勢絕快，三人跟在後面，見有時略一遇阻，陰火射處，前面幾股妖光閃動，便自通行無阻，心知魔法禁制被陰火破去，心中暗喜，不再使用其他法寶，只是跟在後面，向前疾駛，不一會便到了魔宮所在的山腹之下。

那整座山峰，曾經星宿神君多年魔法祭煉，山石其堅逾鐵。易靜指著「三陰地火鑽」向上開路，去勢稍緩，但沿途並無其他阻滯。

沒過多久，只見陰火射處，前面山石紛紛消熔之中，隱見銀光閃耀，三人一看便認出那是鄧八姑「雪魂珠」的光芒，英瓊性急，一時間忘了易周囑咐，以傳聲呼叫道：「前面可是鄧師姊麼？」

鄧八姑和南海雙童被困在山腹之中，雖然仗著「雪魂珠」護身，並未受到傷害，但是四周重如山嶽，進退不能，也是一籌莫展。

八姑正在連連施法，猛瞥見三股暗沉沉的陰火射來，一看便認出是旁門之中，至高無上的法術，心中方自一凜，以為星宿神君又使魔法來攻，已聽到英瓊傳聲相詢。

八姑大喜，忙應道：「正是愚姊，來的可是英瓊妹子麼？」語還未了，陡然聽得一聲怒吼聲，自山腹之上直透下來，八姑將手一揚，「雪魂珠」光芒趁著光外山石被陰火燒熔，疾迎了上去，英瓊等三人也自現身。

陰火射上「雪魂珠」的光芒之上，激起萬道銀旋，陰火之中，也爆出千萬點暗紅色的火星來。

八姑忙道：「快收至寶，與我會合！」

易靜一揚手，收去「三陰地火鑽」，銀光一包上來，三人已進入「雪魂珠」的光芒之內，南海雙童馬上迎了上來，雙方正待禮見，英瓊一眼瞥見，就在南海雙童身後，陡地飛起兩道血也似紅的魔影，正向南海雙童疾撲而下，血也似紅的魔影，在「雪魂珠」一片柔和已極的銀光襯托之下，看來分外奪目，來勢快絕。

英瓊一聲嬌叱，心意動處，紫郢劍已化為一道紫虹，激射而出，越過南海雙童，將兩個魔影，阻了一阻。

英瓊一出手，各人盡皆覺察。南海雙童急忙轉身後退，易靜兩顆「牟尼散光丸」已自發出，英瓊將紫郢劍所化的一片紫光倒捲過來，將兩條魔影圍在紫光之中。

「牟尼散光丸」一射到，兩下爆音過處，紫光內的兩道魔影立被震散，化為千百道血光。

可是魔影被震散之後，卻並不消滅，反倒化為千百條魔影，在紫光包圍之內，發出刺耳之極的厲嘯之聲，往來衝突，勢子駭人之極。

英瓊見此情勢，連運玄功，紫郢劍所化紫光漸漸縮小，往內擠去。在紫光縮小之時，千百條魔影呼嘯翻滾，重又合而為一，變成兩條魔影，各自指尖之上發出十股血光，竟將紫郢劍所化光芒撐住！

各人見此情景，心中也自駭然。紫郢劍乃長眉真人昔日降魔之寶，威力何等強大，那兩條魔影竟然能夠硬將紫光撐住，可見星宿老魔的魔法確是厲害之極，非同小可。

八姑忙道：「瓊妹，這是老魔滴血化身，不是尋常陰魔，可用法寶消滅，我看適才三股陰光倒是剋星，不妨一試！」

英瓊本來已準備了兩枚「乾坤一元霹靂子」在手，一聽八姑這樣說法，知道她見多識廣，便不再發。一邊易靜已然揚手，「三陰地火鑽」尖端，三股暗紅色陰火又已射出。英瓊將紫郢劍所化光芒略為開放一絲隙縫。

光中魔影一見紫光出現裂口，立時向外竄來，但三股陰火也恰好迎面射到，射在兩條魔影身上。只聽得兩下慘叫，兩道魔影才和陰火接觸，便縮成一團，陰火立時包圍上去，慘嗥之聲，聽來頗驚心動魄。

轉眼之間，只見魔影漸漸消熔，越來越小，到後來，只剩下兩滴其紅耀眼的鮮血。各人方自以為魔影行將消滅之際，忽又聽一下怒吼之聲，自上而下，直透過山腹傳下，各人方疑有變，只聽得紫光之中，震天價兩下巨響，那兩滴鮮血突然爆散開來！

巨響甫生，易靜首先覺出不妙，懸在她身前的「三陰地火鑽」陡地一震，隨著紫光之內，血光迸射，和射進紫光內的三股陰火，一起爆散之際，「三陰地火鑽」也突然碎裂開來，陰火四下流竄，若不是癩姑在一旁見機得快，揚手一片佛光，擋在易靜之前，易靜幾為所傷！就這樣，也已然狼狽不堪！再看紫光之內，陰火和兩滴鮮血同時消滅，只剩大蓬濃黑如漆的黑煙在翻滾衝突，似想突圍而出。

英瓊、易靜、南海雙童和癩姑五人，變生肘腋，驚駭莫名，都想不到魔法如此厲害，竟然同歸於盡，將才到手的至寶「三陰地火鑽」破去！本來還想仗著此寶威力，穿透宮底禁制，直達魔宮，看來已經不能，心中好生懊喪。

只見八姑神色凝重，道：「瓊妹且莫收劍，這蓬濃煙，是地底萬年陰火所化，其重無比，若不能盡數將之消滅，被其沉入地底，立生巨禍。」

八姑說時，英瓊已運用玄功，紫光縮成徑才尺許的一團，便無法再縮小。在紫光之內，那團濃煙，看來竟如同實質一樣。各人聽得八姑這樣說法，心中更是駭然。不但喪失了一件至寶，連紫郢劍也暫時不能回收，以防陰火所化黑煙流竄，吃虧更大！英瓊法寶雖多，但定珠、紫郢劍是最主要的兩樣，若是紫郢劍受了牽制，豈不是威力便減了一半？

五人各自望著八姑，八姑苦笑道：「老魔拚著犧牲兩滴心血，目前雖然暫占上風，可是受損也自不輕，我們不妨以逸待勞，靜觀其變！」

語還未了，又聽得兩下陰惻惻的笑聲，透過山腹傳了下來，自此之後，便自音響寂然。

易靜著急道：「鄧師姊，我們莫非就這樣被困在山腹之中麼？」

八姑道：「『雪魂珠』之力，難以脫困，瓊妹佛門『定珠』威力非凡，可以試試！」

英瓊性急，最不願被困，但八姑修道年長，未得八姑吩咐，不敢妄動。此際立時施為，「定珠」祥輝迸現。八姑再一運玄功，兩人心意相合，「定珠」的光芒，直透出「雪魂珠」的銀光之外。

「定珠」祥光才透出，便聽見幾下慘叫之聲，隨見絲絲血痕冒起，想是窺伺在外的神魔被「定珠」所消滅。

英瓊接著運用玄功，「定珠」光芒向外漲去，漲出十丈左右，四外壓力陡增，再難向外擴張。當「定珠」光芒外漲之際，「雪魂珠」銀光也跟著向外漲大，和「定珠」祥輝緊貼，合二寶之力，四外壓力雖重，足可抵擋，但想脫困，卻也不能，這才知老魔魔法，確是非同小可！

原來當易靜、英瓊、癩姑等三人，由「三陰地火鑽」開路，隱身由地底潛來之際，才一入地，星宿老魔便自覺察。因正在祭煉陰陽主魔的緊要關頭，一方面丌南公已在黑地獄之中，雖有哈哈老祖代為主持，但丌南公不比他人，旁門法術極高，恐防困他不住，是以也需分神照拂。初警覺時，以為又有峨嵋弟子由地底攻進來，只是略為加強禁制便算。

及至後來，覺出對方已然越攻越近，竟然如入無人之境，所有禁制全然禁不住，這才吃驚，忙行法查看，一經看出是一件射出三股陰火之寶，不由又驚又喜，一時之間未及深察，沒發覺背後有人隱身。只看出來的法寶，頗似昔年旁門高人，「鬼母」朱櫻家數，又看出來的寶物，正是鬼母七寶之一，陰火的威力極大。

正如易周所料一樣，老魔以為法寶自行脫困而出，由地底駛來，立時想收歸己有，是以非但不加強禁制威力，反倒止住禁制，任由法寶向前駛來。打算等法寶駛到山腳下，再以魔法將之引進魔宮之中。

英瓊若能緊記易周的囑咐，本可趁機直入魔宮。雖然以英瓊、易靜、癩姑三人法力而論，想要橫掃魔宮，在所不能，但畢竟可以給老魔許多牽制，那「三陰地火鑽」也不致被毀去。但一來英瓊一看到八姑的「雪魂珠」光芒，想起八姑等三人被困，同門關心情切，忍不住出聲。

二則，當年丌南公和「鬼母」朱櫻合煉此寶，到後來，「鬼母」朱櫻已看出丌南公心懷叵測，有意吞沒，又算出自己兵解之期日近，曾經對丌南公暗示，如果丌南公肯在她兵解之際出力幫助，寧願以此寶相贈。

偏偏丌南公貪心過甚，還只當自己陰謀被鬼母看穿，矢口否認，鬼母當時笑道：「你要假撇清，也自然由得你，但我不是容易欺侮的人，此寶煉成之後，我另有獨門法術施為，附在其上，你不背信棄義，決可無礙，不然就算將此寶據為己有，第一次施用，必然反害用寶人本身，你法力雖高，也無法破解。」

因有此一重關係在，是以丌南公益發嚴令沙紅燕，不得妄用此寶，這一層干係，卻連易周也不知道。當英瓊看到八姑「雪魂珠」銀光，驟然出聲之際，易靜和癩姑兩人，不是不知道自己不該現身，但是鬼母昔年所施法術已然開動，三人心靈暫被蒙蔽，竟將易周囑咐完全忘記。及至八姑一回答，立時撤了隱形，現身相見。

星宿老魔正在行法察看，一見三人現身出來，知道上當，不禁大怒，立時一聲怒吼，因看出來人要和被困的八姑等三人會合，心中怒極，竟不惜損耗功力，使用魔教中的「滴血化身大法」，將兩滴心血，幻成兩條魔影，無聲無息，在易靜等三人進入「雪魂珠」光芒之際，趁隙深入，立時向南海雙童撲去。

這種魔教中的「滴血化身之法」，最耗行法人的心血功力，但是滴血所化的化身，雖然比不上原身或是元神化身，一樣和原身心靈相通，威力強大。當時若不是英瓊見機得快，一出手所發又是降魔至寶紫郢劍，南海雙童一被魔影撲中，已無倖理。

及至魔影被紫郢劍圈住，老魔自知萬難突圍，又見三股陰火射光而入，那陰火正是魔法剋星，相持下去，必被消滅，是以將心一橫，催動魔法，令兩滴心血爆散。

這一爆之威，非同小可，立時和「三陰地火鑽」一起同歸於盡，易靜還幾乎應了鬼母昔年之言受傷！

老魔損失了兩滴心血，元氣損耗不少，心中更是大怒，及見寶珠光芒透出「雪魂珠」之外，向外暴漲，原有禁制竟制它不住，連施魔法，方始再將來人困住，看來仍是占了上風，實則暗中吃虧，有苦自知。咬牙切齒，加緊以魔法祭煉陰陽主魔，準備煉成之後，再來報仇雪恨。一面還要照顧進入黑地獄的大敵丌南公。

卻說丌南公進入黑獄之後，身上青光迸射，一面向前急飛，青光越凝越純，轉眼之間，便如同尺許厚一層青色晶玉，將全身包在其中。

星宿老魔心知丌南公雖非魔教中人，但是尋常魔法決難不倒他，是以也不去施展，只是將「黑地獄」中的「阿修羅大陣」發動。丌南公一進入「黑地獄」之後，所遇情景和各峨嵋弟子又是不同，眼前只是濃膠也似一片漆黑，越向前行，阻滯之力越大，以丌南公之能，飛行之勢也不得不緩下來。

丌南公一面向前飛駛，在漆黑無邊之中，先見到李洪端坐在「金蓮寶座」之上，雖是年幼，但是神光內瑩，寶相莊嚴，顯然魔法再高，也視若無睹，已到物我兩忘境界，九世修為果然不同凡響，心中好生嘆服。

再向前飛，便見「天心雙環」，一青一紅兩道心形光芒自金蟬、朱文兩人身上透出，兩人看來已昏迷不醒，同伏在一隻看來足有三丈長短的玉虎之上，玉虎口中噴出一股銀霞，銀霞倒捲起來，再將二人全身包住。看出二人有這兩件至寶相護，暫時必可無礙。

丌南公剛在玉虎身邊飛過，前面無邊黑暗之中，便是凌空聳立之「五雲神圭」，余英男趺坐在神圭墨綠色的光芒之中，神圭聳立如山，光芒朗耀。再向前去，便是凌虛浮立，看來已失去主宰，但光芒一樣精純的「神禹令」，寒萼、司徒平、凌雲鳳三人附身在「神禹令」上。

丌南公心忖，這些前古奇珍，哪一件不是修道人夢寐以求的至寶，哪一件都可以助人成道，怎麼全都落在峨嵋弟子手中？這些至寶，自己只要得上一件，必可抵禦最後一次天劫，從此成為不死之身，以旁門成道了！

兀南公自視極高，當他看到這些奇珍異寶之際，雖然心中豔羨，但決不致生出貪婪掠奪之念。可是他身在「黑地獄」之中，一思一念，莫不與「黑地獄」中的魔法相感應。

主持魔法的星宿神君早已料到用尋常魔法絕難打動兀南公的心意，唯有這類前古奇珍，關係到他最後一次天劫，過此便能以旁門成道，不能不關切。

又知若用幻影，也必瞞他不過，是以將被困眾人，連人帶寶，也一起移入「阿修羅大陣」之中。「六賊陰魔」，「七情迷魂」，全在陣中，伺機待動，兀南公看到的，全是真正的前古奇珍，由不得他不想這些前古奇珍對自己有用！

若是換了常人，只一起念，「七情迷魂大法」立時趁虛而入，但兀南公畢竟得道千年，一想便自放開，再向前而去。星宿老魔行法察視，見南公居然不墮入自己彀中，也不禁好生嘆服，一面倒轉陣法，不令兀南公飛出陣去，一面又生毒計。

兀南公一面向前飛射，一面也察覺四周圍的情勢，他雖然見多識廣，但一時之間也辨認不出陣中門戶來，心想若不弄清陣中門戶，連自己想要出去都難，遑論將被困在內的峨嵋弟子帶出去！

他想及此，停身不前，手指甲連彈之下，每一下，均有一點青光，冉冉飛起，急速旋轉。

# 第三回　天魔肆虐　立地成佛

那三點青光，在無邊黑暗之中，看來精光奪目，急速旋轉了千百下，陡地三下巨震，一起爆裂開來，爆裂之際，青光電閃。本來，丌南公這三點青光，一經爆散，可以光照百里，可是此際，只照出丈許左近，便自化為點點流螢，轉眼熄滅，一點沒看出陣中門戶來。

丌南公一見這等情形，才知道事情真非易與。心忖自己在「神駝」乙休面前說了大話，若是不能實現，以後如何見人？長眉一揚，放出一件法寶來。

那法寶外觀是一面圓形銅鏡，南公一口真氣噴上去，圓鏡之上，立時現出一黑一白兩半顏色來。卻是一幅太極圖，中間黑點、白點，旋轉不已。

這「太極神鏡」是專辨各種陣法之寶，各種陣法中的生門死門，在鏡中黑點、白點旋轉之間，憑行法人的功力，可以逐一探明。只是此寶極耗行法人的功力，所以輕易並不使用。

丌南公這時全神貫注凝視「太極神鏡」，好幾次覺得出路就在面前，但是一閃之間，卻又覺出不然，知是敵人正不斷在倒轉陣法，心中冷笑，暗忖自己來去若電，若只求獨自脫身，早已穿出陣法了，哪容你倒轉陣法迷惑？

一面想，一面又向前飛馳，來到「五雲神圭」的光芒之旁，先揚手一圈青光，將「五雲神圭」圍住，準備一辨出方向，先將余英男連人帶圭，衝出陣去再說。

南公的算計不是不精，但是身在陣中終究吃虧，他這裡再一將「五雲神圭」用青光圍住，星宿老魔的魔法又再次發動，南公還未及專注「太極神鏡」，猛地瞥見一道紅光載沉載浮，在面前飛過，勢子甚緩。

丌南公何等眼力，一眼便看出，這道紅光是達摩老祖降魔至寶，南明離火劍。而且南公也看出，此劍在無邊黑暗之中，載沉載浮，像是無主之物。南公自然知道，南明離火劍二次出世落在峨嵋第二代弟子余英男手上，余英男是三英二雲之一，剛才還見她在「五雲神圭」之中，閉目靜坐，神儀內瑩，何以此劍竟失了主宰？

這南明離火劍，丌南公既知有了主人，明知對自己成道有極大用處，倒也不至於生出據為己有之心。只是一見這樣的前古奇珍，唾手可得，只要是修道人，任誰也會想到將之順手收了下來。

南公此際打的主意是，自己和峨嵋歷年來雖然未曾正面為敵，但是勢如水火，可以助自己避過最後一次天劫的至寶「天心雙環」，又在金蟬手中。以自己的威望，若是要向一個峨嵋小輩商借，就算明知一說即允，也難以啟齒，何況對方必然為難！

看南明離火劍如今的情形，分明是余英男一入「黑地獄」，便自失去，而星宿神君又未及將之收為己有，若是自己收來，將來峨嵋弟子帶出「黑地獄」之後，順手還給原主人，則不但可顯自己本領，得劍人也必然感激，只消言語上略現因頭，自己再開口求借「天心雙環」，就容易得多了！

南公在一進「黑地獄」之際，就已經發現自己要將眾被困的峨嵋弟子一起帶出去，並非易與，心中頗在後悔多此一舉，反葬送了一件至寶，又豎了一個強敵。但此際心中一盤算，大是高興，深覺不虛此行。

南公一面想，一面向著在無邊黑暗中載沉載浮的南明離火劍飛去，PATCH南公本是會家，一進入「黑地獄」，便處處留心七情迷魂魔在暗算，但此際出現在眼前的寶劍，卻不是幻影。

南公一見南明離火劍便覺得自己可以將之輕易收下，即此一念，魔念已生，道法再高，也已墮入星宿神君的彀中，再一細想，在南公自身而言，只覺得越是盤算，事情對自己越是有利，但是入魔卻也越來越深。那「七情迷魂大法」，厲害也就在此處，除非一念不生，不然，一念生，他念至，轉眼之間，化生億萬，終於到不可收拾，為魔所乘！

卻說乃南公當下飛到南明離火劍之旁，先揚手一招，劍已向他緩緩飛來，越來到近前，越覺出精光奪目，非同凡響。南公也知道自當年達摩老祖煉成此劍之後，早已通靈，以自己法力而論，雖不至於收它不下，但畢竟道路有別，所以一上來就十分小心。等到飛劍離他身前，約有丈許遠近時，一揚手，自指尖射出五股青光，便向劍柄之上抓去。

那五股青光乃南公本身真氣所化，尋常法寶，手到抓來，但此際一抓上去，只見劍上紅光陡盛，生出一股極大的反彈之力來，五股青光，險被震散！南公不敢造次，暗運玄功，再次伸手去抓劍。

這一次，發自他指尖的五股青光，和上次不同，又精又純，卻是甚短，只有尺許，五股青光一搭上劍柄，南公手指也已伸過，已將劍柄牢牢握住，雖覺掙扎之力大得出奇，但已知可以收下，心中一喜，暗掐法訣，大喝一聲，左手揚起，一蓬青絲先將劍身全部裹住，再將劍緩緩移近身前，眼看已可如願，忽聽身邊有人叫道：

「前輩千萬小心！」

　　南公這一驚，實是非同小可！他自進入「黑地獄」以來，所見各峨嵋弟子，有的在奇珍異寶護身之下靜坐，雖未受傷，行動也不能自若，有的則已昏迷不醒，本身法力全失，只仗護身法寶神妙，才未為魔法所算。以他千年修為，尚且難以在「黑地獄」中自在通行，何以突然之際，會有語聲起自身側？

　　急切之間，南公也不及細想，反手一揚，一股極其強勁的罡風疾掃而出，滿以為自己這一下玄功巽風，少說也能將對方拂出幾百里去，一面已轉過過頭來，去看在身後發話的究竟是誰。

　　怎知南公才一轉過頭去，只聽先前那聲音，又在南公身後響起，喝道：「小心！」

　　南公一怔之間，只見在南明離火劍的劍柄之上，五股血也似的血光已陡地射起，一起便化為五條長大魔影，竟不畏他護身青光，直撲過來，便要透過而入，同時，南公心靈也大受震動，剎那之間，竟不能施展法力防禦，心知事情千鈞一髮，危急莫名，苦於心裡雖然明白，魔法太凶，已被制了先機，難以還手。

南公當機立斷，正待震破天靈，將肉身啖魔，元神逃走，再作打算，陡然又是一聲呼喝，眼前寶光一閃，先是兩柄霞光萬道的寶斧，交叉飛起，斧光到處，將一條半身已侵入青光之中的魔影齊腰斬斷，一聲慘嗥，魔影立時化為一溜血光，沒入黑暗之中不見。

接著，又見一圈金光飛起，七條靈蛇各自口噴彩焰，轟轟發發，聲威絕猛，彩焰向尚餘四條魔影噴來，魔影慘嗥聲中，挨著便自消散，化為絲絲紅煙不見。

南公在第一條魔影被消滅之際，靈智已然恢復，下餘四條魔影莫內他何，但是他未曾出手，彩圈靈蛇已相繼出現，將魔影消滅。南公心中不禁又是感激，又是駭然，五條魔影消滅之後，雙斧靈蛇仍未收去，雙斧交叉，寶光萬道。

七條靈蛇則更是口中彩焰噴之不已，盤旋在雙斧寶光之外，看來寶主人正隱身在寶光之中！

這兩件寶物，以南公的見識，竟然也未曾聽說過，而更令得南公駭異莫名的，是寶主人兩番發話，並已出手相救，此際明知他身在寶光之中，但以自己的慧目法眼而論，竟然絲毫未能看清對方的身形！

南公心知天下正邪各派的隱形法，能夠煉到自己也看不出端倪的，只有苦行頭陀的「無形劍遁」，但是這兩件法寶，卻又不類佛門至寶，心中疑惑，朗聲道：「可是苦行大師到了麼？」

語還未了，陡見千重彩焰，萬道霞光之中，寶主人已然現身出來，卻是一個唇紅齒白的小和尚，看來不過十五、六年紀，嘻著一張口，神情甚是滑稽，就在寶光之中，向南公合十為禮，道：「家師正在東海閉關，晚輩笑和尚，一直尾隨在前輩身後，尚祈恕罪勿怪！」

丌南公一聽，又是好氣，又是好笑，他自得道以來，睥睨一切，自視何等之高，但此際一直被人尾隨在後，絲毫未曾發覺不說，到了危急關頭，若不是對方突然出手，自己肉身只怕已然毀去，不知要損卻多少年功行！對方偏又這等謙恭！若是換了平時，南公可能被認為對方意存譏諷，定要勃然大怒，但此際剛脫大難，心悸之餘，心平氣和，聞言只有感激，忙道：「笑道友說話太謙，剛才不是道友出手，幾為魔法所算，何怪之有？」

笑和尚笑道：「我是泥菩薩過江，自身難保，還望老前輩出手相助！」

丌南公正訝於對方何出此言，定睛一看，只見對方的身外，另有一層佛光護身，佛光祥和，在靈蛇彩焰和雙斧寶光之下，幾非目力所能辨認，而佛光之外，另有一淡薄之極的魔影，正在飛舞盤旋。

南公一看清，心中更是駭然，將來時銳氣又減了一大半，忙道：「道友佛法高深，莫非也中了魔法麼？」

笑和尚道：「魔法厲害，一時不察，陰魔老是纏身不去，心頭煩躁，要前輩施法。」

剛才笑和尚一出手，兩件至寶便消滅了五條魔影，但已然與他雜念相合的陰魔，雖未至於侵入體內，想要驅去，卻也在所不能。

這是六賊陰魔，本是隨人意念而生，旁觀者清，當局者迷之故，與本身法力高下、法寶神奇，俱都無關。南公本是行家，一見便知端倪，立時笑道：「這個容易！」隨說，隨已揚起手來。

只見一絲火光，自南公指尖發出，那股火光看來極細，但一出手，便聞耳際轟然，聲勢極其威猛。

笑和尚身外的重重寶光立被穿透，到了佛光之外，化為一片極薄的火網，將笑和尚全身裹住，將那條魔影逼在火焰和佛光之間。

那條魔影，本來淡得幾非目力所能辨認，及至火焰罩了上去，一下慘嗥，其色陡濃，極力掙扎起來，但丌南公此時所發的那股烈焰，是他本身三昧真火所化，威力何等強大，才一包上去，魔影一現，掙得兩掙，便自消散，南公哈哈一笑，火焰消失。

笑和尚又合十為禮，南公道：「不必多禮，剛才不是你湊巧在我身後，此際只怕我已吃了大虧！」

笑和尚笑道：「晚輩並非湊巧，事有前因！」

丌南公聽了，心中一動，立時道：「可是你早知我有此一場劫難麼？」

笑和尚道：「晚輩這次前來，在師父洞前告別，恰值白眉師伯、天蒙老禪師以及尊勝老禪師三位前來，聽三位佛門高人閒談，說起前輩一些事，是以略知機緣。」

南公聽到這裡，想起自己來時，屍毗老人的一番話，當時也曾心動，想到老人得道千年，最後歸於佛門，拜在尊勝禪師門下，但是自己和老人不同，老人早已興禮佛之念，自己卻一心想以旁門成道，莫非也終於與佛門有緣麼？想到此際，不禁沉吟不語。

笑和尚又道：「前輩若不見怪，晚輩當複述三位佛門高人之言。」

丌南公忙道：「講說！」

笑和尚道：「三位高僧對前輩極是推許，說是自從連山大師以來，前輩可說是旁門之中第一高人，但是殺孽深重，雖然歷次天劫，均能順利避過，但是最後的一劫——」

笑和尚說到這裡，丌南公不禁心驚肉跳。

近百年來，南公無時無刻，不在為自己最後一次天劫擔心，偏偏天機不可洩露，一任自己怎樣推算，都推算不出究竟來，只知道若有前古奇珍「天心雙環」，自己元靈與之相合，或可逃過此劫，但一樣沒有把握。此際聽笑和尚轉述三位佛門高人之言，莫非竟不能過此一劫？

南公心中駭然，不免憂形於色，只聽笑和尚又道：「當時，尊勝禪師道：『佛說，放下屠刀，立地成佛，只要放得下，無不可成佛之理！』白眉師伯則道：『要他放下？談何容易！』天蒙老禪師雙手合十，說偈道：『本來無有，說甚放下！要說放下，已然有物！』晚輩道行淺薄，不明究理，但知前輩必有劫難之處，是以躲在崖壁處，一見前輩穿破『天星魔網』，進入魔宮，立時尾隨在後。」

笑和尚後面的幾句話，南公竟沒有聽入耳去，心中翻來覆去，只在盤算三位高僧的話，以他的聰明才智，竟也越想心中越是茫然，不得要領。心中打定主意，離開「黑地獄」之後，定要找到三位高僧，當面請問。若是自己應該身在佛門，就拜在三人之中任何一人門下，像屍毗老人一樣，又有可不可？

主意打定，便暫且不再多想，道：「我此次本是為駝子激將而來，心想將被困在『黑地獄』中的峨嵋弟子一起帶出去，但看來難以如願。不過『黑地獄』卻還困不住我的，你可願隨我一起出去麼？」

笑和尚道：「自然願意，但不知『天星魔網』——」

語還未了，南公已笑道：「我能攻下來，自然也能攻出去！」笑和尚大喜道：「魔網上看來已有許多同門、前輩在，若能將之攻破，再好沒有！」

南公微微一笑，雙目注定手中「太極神鏡」，只覺眼前一花，千重寶彩已然不見，明知笑和尚重又施展「無形劍遁」，緊隨在自己身後，但用盡目力，也看不出他的蹤影，心中好生嘆服，照著神鏡上指引，向前急馳，馳了半個時辰，陡地上下左右急竄起來，看來像是茫無頭緒，實則他已明白陣中奧妙，正在和不斷倒轉的陣容對抗，尋找出路。

又過了半個時辰，南公本來正在向下急馳，陡地一聲清嘯，改而向上，去勢快絕，一面向上疾衝，一面手揚處，七點豆大青光激射而出，出手便自爆散，雷聲驚天動地，只見身外濃黑如膠的黑雲紛紛翻滾，現出一個丈許方圓的圓弄來，南公立時直穿進去，眼前一亮，已然穿出陣外，只見前面乃是一所極大的宮殿，再回頭看背後時，一團黑雲翻滾著遠離而去，轉眼不見。

南公還恐自己剛才發動太快，時機又稍縱即逝，唯恐笑和尚難以追隨，正待出聲相詢之際，已聽得身後笑和尚道：「前輩法力，果非凡響！」

南公微微一笑，一招手，身又飛起，直向前面宮殿飛去，等到臨近，手指連彈，又是五點青光直射向宮殿之中，只聽得震天動地五下巨響過處，偌大一個宮殿，立時四分五裂，南公還待施為之間，只聽得紛紛倒坍的宮殿瓦礫之中，陡地傳來一陣男女嬰兒的歡嘯之聲，定睛一看，只見一團血光，擁著九男九女，十八個童嬰，正發出一片歡呼之聲，向上疾升上去。

南公抬頭一看，上面本是一片烏雲，中間夾雜著億萬金星，罩在頭上，十八名男女童嬰在血光籠罩之下向上升去，去勢快絕，轉眼之間，已到烏雲之下。

那層烏雲，是「天星魔網」，南公一眼便已看出，那血光包圍中的十八名男女童嬰，中有一男一女，身形看來特別高大。雖然看來個個玉雪可愛，但南公焉有不知那是星宿老魔所煉陰陽十八天魔之理？看情形，像是老魔要將陰陽十八天魔放出去應付來人。

魔網之上，南公來時，看到已有多人在，別人不說，單是「神駝」乙休，已非易與，星宿老魔仍然敢放陰陽十八天魔出去應敵，可知十八天魔必有非常威力！

南公本來拚著再葬送幾件至寶，將「天星魔網」攻破，穿網而上。但是他隱身法寶之中，再無有如「落神坊」及「五雷紫霆珠」這種威力至大的法寶在，能否攻穿魔網，殊無把握，一見陰陽十八天魔要穿網而上，正是自己趁機逸出的良機。向身後一招手，一聲長嘯，聲震九天，全身已化為一股青光，緊隨著向上升去。

這時，一團血光裹著十八個男女童嬰在前，丌南公所化青光在後，笑和尚也不敢托大，在無形劍氣之外，又放起一片佛光，護在身外，三方去勢都快絕無倫，轉眼之間，上升百餘丈，只見魔網之中，星光急旋，陡地一閃，血光裹著童嬰，首先穿入。

丌南公忙即跟入，魔網黑雲金星，已如萬馬奔騰疾包了上來，雲中金星紛紛炸裂，其音如百萬天鼓，震得人心神旌搖。丌南公一聲大喝，雙手向外一張，兩片精芒奪目的青光首先發出，將由四外向前擠壓過來的烏雲，先擋了一擋，只見佛光一閃而過，笑和尚已在這間不容髮之際，直穿出魔網去。

丌南公運用玄功，又是一聲大喝，兩片青光陡地向上升去，青光越向上升，黑雲的壓力越大，將青光壓成了一個上尖下豐的錐形光筒，光筒尖端，可見天光，但徑只尺許，而且正在迅速合攏。

但丌南公已在此際，全身又化為一道青光，疾射而出，剛在錐形光筒之中穿出，烏雲已合上來，將青光光筒完全包沒，一片炸音過處，便自消滅。雖然仗著陰陽十八天魔穿網而出之際趁機行事，到底還是葬送了一件至寶，方得脫身。

丌南公穿網而出之際，勢子太急，只求出去，一穿出網，又上升了千百丈，方能止住勢子，對於網外情形如何，並未細看，只聽得陰陽十八天魔歡嘯之聲，驚天動地，驚呼之聲不絕。等到止住了，向下一看，不禁大驚！

只見陰陽十八天魔已各現原形，變回長大之極，白骨嶙峋，綠髮紅睛，凶厲之極的魔鬼，其中兩個魔鬼，更是長大，高達丈許，身邊也未見有妖煙邪霧繚繞，正在滿空飛舞，追逐各人。

眾人之中，除乙休、韓仙子兩人合力，敵住了一個主魔之外，英瓊紫郢劍追向另一主魔，那陽魔主魔，正是章狸元神祭煉而成，法力本高，再加星宿老魔魔法祭煉成功，已近不死之身。

紫郢劍的光芒那樣強烈，如長虹經天，滿天飛舞，但主魔竟如有形無質，紫光過處，不過略阻一阻，立時又向前飛來。

英瓊已放起「定珠」，一片柔光，護住不少峨嵋弟子在內。眼看紫郢劍光芒阻不住陽魔主魔攻來，躲在定光之中的諸人，飛劍法寶紛紛攻上去，但是陽魔主魔，兩隻白骨森森的大手，隨抓隨拋，竟將攻過來的飛劍法寶紛紛拋挪開去，滿空光彩飛舞，寶光流竄，連癩姑的屠龍刀若不是見機得快，幾乎也被抓走！

易靜的阿難劍被魔手抓住，一時之間收不回來，急得連發三粒「牟尼散光丸」，但散光丸爆散，主魔似如未覺，一聲怪嘯，正在和乙休夫婦對敵的陰魔主魔，突然捨了乙休夫婦，行動如電，一閃即至，雙魔合力，竟將「定珠」光芒緊緊抱住，口中白牙銼得山響，用力一提。

那顆「定珠」，已與英瓊元靈相合，成為英瓊第二元神，威力何等強大，但此際雙魔合力一抱，英瓊只覺心神大震，一個把持不住，神魂欲飛，暗叫不好之際，「定珠」一團慧光，已被急拋起來。

只聽得其餘天魔齊聲怪嘯，一起撲向前來，來勢快絕，乙休夫婦合力，只攔住了兩個，齊霞兒「禹鼎」口中，金光迸射，攔住了一個，其餘紛紛向各人撲去，眼看長臂伸處，就要將各人抱住。

這一切，本是一剎那間的事，丌南公一止了上升之勢，已在開始下降，去勢也極其迅疾，看出陰陽十八天魔威力之大，出乎自己想像之外，照這情形看來，星宿神君分明已施展至高無上的魔法，將魔教中許多閉關不出的魔教長老的元靈召來，附在天魔之上，不然魔鬼雖厲，又何來這等威力？

說時遲，那時快，眾天魔紛紛撲向各人之際，各人紛以法寶護身，但護身寶光，至多只能將攻上來的天魔，暫時一阻，護身寶光立被伸手抓走，各人的形勢已大是危急。

丌南公一見這等情形，陡地一聲巨喝，身子突然暴漲了十多倍，高可十丈，當空而立，宛如天神，一面口中發出厲嘯之聲，護身青光，迅速升起，湧向命門，擁著南公元神，離體而起。

發自丌南公口中的厲嘯聲，聽在耳中，心神旌搖，那陰陽十八天魔似為南公嘯聲感召，紛紛捨了原來目標，向丌南公身上撲來。

只見丌南公雙臂一振，身上衣衫盡脫，陰陽十八天魔一到近前，張口便咬，一咬上丌南公身上，便化為一個極大骷髏，兩排白森森的利齒，一起陷入丌南公身內。

這時變生突然，眾人盡皆愕然，有死裡逃生的各人，更是嚇得心神茫然。只聽得「天星魔網」之下，傳來一陣急驟之極的鐘聲，夾雜著星宿老魔的厲嘯聲，聽來像是在召陰陽十八天魔回去，陰陽十八天魔卻不肯回去，口中吭吸有聲，厲嘯不絕。轉眼之間，自「天星魔網」之中，陡地射出十八股碧焰，向十八魔射去，丌南公也在此際，「哈哈」一笑。

隨著丌南公的長笑聲，乙休和韓仙子齊聲叫道：「各人小心！」這時，英瓊剛來得及將「定珠」和紫郢劍一起召回來，將所有人一起護住，便聽得驚天動地，一聲大震，丌南公整個人一起爆散。震力之大，大到不可思議，天動地搖。

隨著丌南公原身爆散，咬住丌南公身子的陰陽十八天魔也一起被震散，化為十八團大小不同的黑煙，黑煙之中傳來尖厲之極的慘嘯聲，被那十八股碧焰押著，轉眼之間，投入魔網之中不見。

眾人一起定睛看去，只見一片青光，裹著南公元神，自天飄落，看來竟像全然無力主宰神氣，青光之中，南公元神看來也極其疲憊。

連乙休夫婦在內，各人皆想不到丌南公會在陰陽十八天魔大肆荼毒，眼看多人將要遭難之際，竟然捨身啖魔，並還施展極大神通，將自身炸裂，令凶威如此之盛的陰陽十八天魔受了重創，雖然不能就此消滅，但就算再經祭煉復元，也必然威力大減。

尤其是附在陰陽十八天魔上的魔教長老元靈，也必然和丌南公同歸於盡，道長魔消，功德之大，難以言喻，一時之間，各人眼看南公元神冉冉飄下，心生敬意，乙休夫婦首先迎上去，待將南公元神接住之際，已聽得梵唱之聲突然自四面八方傳來。

梵唱之聲一起，一陣又一陣旃檀香味也傳了過來，乙休、韓仙子立時不再動，只見轉眼之間，滿天漫空，五色鮮花，飄拂而下。

滿天花雨之中，梵唱之聲更響，南公元神下落之勢更緩，元神外的護身青光，忽然一閃不見，南公睜開眼來，神情像是甚為慌亂。

也就在此際，只見半空之中，陡地現出三個老僧，一個瘦小乾枯，愁眉苦臉的老僧在中，正是尊勝禪師，左有天蒙，右有白眉，當空而立，目注南公。

丌南公望著三僧，聲音細若嬰兒，道：「護神青光，可是三位收去了麼？」

尊勝禪師道：「你連肉身也捨了，何必還要護身青光？」

丌南公略怔，道：「無法無寶，何以自處？」

天蒙禪師哈哈一笑，道：「你自要去你該去之處，要法要寶何用？」

丌南公突然笑容滿面，道：「說得是，只要放下，便能成佛！」語還未了，只見一片佛光飛來，托住丌南公，向上飛去，丌南公笑容滿面，向乙休略點了點頭，乙休朗聲道：「恭喜南公，立地成佛！」

佛光托著南公上升之勢，看來極緩，其實去勢極快，一時之間，只見滿天飄蕩的鮮花，皆向南公元神附來，佛光去勢快疾，轉眼不見，梵唱之聲頓時停止，再看天蒙、白眉、尊勝三位高僧時，也已了無蹤影。

乙休抬頭，望著西方，怔怔出神，癩姑驚魂甫定，來到乙休身前，道：「乙師伯，丌南公可是因禍得福了麼？」

乙休仍眼望西方，道：「本來無禍無福，福禍只在一念之中，你還不明麼？」

癩姑心頭一震，道：「弟子明白，南公再無牽掛，已到西方去了！」

韓仙子接口道：「菩提只向心覓，西方只在目前！」

乙休哈哈一笑，道：「不必臨淵羨魚，大可退而結網！」

韓仙子一笑，道：「你放得下麼？」

乙休一怔，隨又哈哈大笑，聲音洪亮，道：「放不下！」

夫婦兩人互望一眼，再不言語。

其時，以齊霞兒為首，已將眾人都齊集在一起。剛才被陰陽十八天魔隨抓隨拋的法寶飛劍，也已紛紛飛了回來，除了幾件真正至寶，並已與寶主人的元靈相合的幾件如佛門「定珠」之外，大都靈效已失，霞兒吩咐各人暫時收起，等候日後祭煉，恢復靈效。各人想起剛才陰陽天魔肆虐的情形，心下仍不免駭然。

英瓊、易靜和癩姑三人，本來和八姑、南海雙童一起被困在山腹之中，八姑和英瓊兩人以「雪魂珠」和「定珠」的寶光，一裡一外，護住各人，時日一久，兩人無意之中看到「定珠」的慧光，竟和「雪魂珠」的銀光漸漸融合一起。

# 第四回　驚天巨變　二老齊心

八姑和英瓊兩人心中一動，也沒有告知對方，各自一運玄功，雙珠光芒，立時融合為一，威力大增。

原來「雪魂珠」是亙古以來冰雪精英所化，至陰之寶，而「定珠」其性至陽，陰陽融合，威力大增，雖不能向上攻穿山腹直達魔宮，要向下逃走，卻是容易。兩人合力，一起由山腹之下穿出，又在地中穿行了百餘里，方始出了地面，才到魔網上空不久，陰陽十八天魔便已飛舞而上。

各峨嵋弟子仗著奇珍異寶，妖邪望風而逃，平時占慣上風，哪想得到魔法如此厲害，陰陽十八天魔，有魔教長老元靈附身，飛劍法寶所不能傷，連八姑這樣功力深厚，若不是「雪魂珠」實在太過神妙，也幾乎吃了大虧。若不是丌南公拚捨肉身，以魔法引陰陽十八天魔來啖，只怕除了有數幾人，餘人無一倖免了！

當下眾人聚在一起，眼看「天星魔網」依舊，雖聽笑和尚說，魔宮已被丌南公五枚神雷震毀，但黑地獄中眾人依然無法脫困。再一聽說金蟬、朱文、寒萼、凌雲鳳幾人傷得甚重，昏迷不醒，同門關心，更是焦急，都主張攻進網去。

英瓊剛才幾乎吃了陰陽十八魔的大虧，更是急切，若不是有乙休、韓仙子在場，早已出手。此時準備了三朵「兜率火」在手，準備發出，試上一試，正待請示乙休准許，只見一溜銀光，疾馳而來，正是沐紅羽來到，滿面喜容。

紅羽被盧嫗召去，英瓊到後，已聽霞兒說起，此際紅羽喜容滿面，一到先向眾人禮見，最後拜見師父，道：「弟子蒙盧太仙婆傳授『吸星神簪』用法，已經學會，要在各位師長面前施展——」

紅羽話未說完，便聽得遠處傳來盧嫗帶有怒意的聲音，道：「你施展我傳授之法，便是在大羅金仙面前，也可使得，哪有這麼多囉唆！」

各人都素知盧嫗脾氣古怪，況且均是後輩，並不在意，但乙休和韓仙子二人聽了，卻有點不是味兒。

韓仙子立時道：「有『吸星神簪』，物物相剋，必可破魔網無疑，我們也不必在此多事了！」乙休點頭稱是。

齊霞兒正待出言挽留，紅光閃處，乙休夫婦已然不見。遠遠又聽到盧嫗傳來一下冷笑。紅羽不敢再說什麼，只是作了一個鬼臉，飛身直上。

只見她上升約有百十丈，凌空站定，道：「各位同門師長，一見『天星魔網』被『吸星神簪』吸走，便可動手，據盧太仙婆說，丌南公適才五枚神雷，已將魔宮完全毀去，但『黑地獄』仍然未曾受損，可用『雪魂珠』、『定珠』，陰陽合璧之力攻進去，弟子到時，要向盧太仙婆覆命！」

眾人皆知沐紅羽雖是新拜在英瓊門下，但在震岳神姥門下，修為已三百餘年，又得盧嫗看重，自不會怪她僭越。

紅羽說完，手一揚，「吸星神簪」脫手飛起。那「吸星神簪」飛起之際，只不過是一端有銀星射出，尺許長短一道烏光，看來極不起眼，眾人心中不免懷疑，「天星魔網」威力如此之甚，憑這件法寶，不知如何能將之吸走！

各人之中，只有法力修為高，見多識廣的幾個，如八姑、霞兒等人，知道「吸星神簪」和「天星神網」本屬一體。當年隕星墮落之際，旋轉急飛，灼熱無比，整個星體的核心，在急旋之中逸出星體之外。整個隕星落在星宿海，核心卻落向南星原，被盧嫗前師看出天外來物，與日月星辰，氣機相引，另具無上妙用，費了六百年功夫，將之煉成簪形。

到了盧嫗手中，更是窮一生之力祭煉，威力更大，「天星魔網」雖大，本是子體，「吸星神簪」雖小，卻是母體，紅羽既得盧嫗傳授，自然可以成功，各自用心準備。

只見紅羽手掐法訣，口唇微動，伸指向懸在空中的「吸星神簪」一彈，也未見她指尖有什麼光芒發出，只聽得「轟」地一聲，

「吸星神簪」陡地暴漲，勢如迅雷。本來只有半尺來長的神簪，在霹靂連聲之中，轉眼之間，變得有七八丈長，烏光四射，氤氳寶光，急速翻滾旋轉，再加上尖端銀星，跟著暴漲，射出百十丈遠，勢子威猛已極。

神簪才一暴漲，便聽得廣覆數十畝的「天星魔網」之中，起了一種極其尖銳的異聲。緊跟著，簪光銀星，如正月裡的花炮也似，一起射向魔網之中。

那「天星魔網」之中，本有億萬金星，夾雜在烏雲之中，曾經參與攻網的各人，均知那億萬金星，看來雖小，但生生不已，且具有極大的吸力，厲害無比。如今看到「吸星神簪」中射出的銀星，一射進魔網之中，紛紛投向魔網之中的金星，看來竟像是被金星吸走一樣！

各人心中正在疑惑，神簪上的銀星大蓬射出，數目何止億萬，魔網之中，異聲大作，其聲尖厲無比！一若億萬沙粒，正在傾軋摩擦，所發出的聲響，驚心動魄。神簪只管銀星射之不已，但射進魔網之中，卻又盡皆消失不見，除了發出洪厲無比的聲音以外，不見有任何異狀。看紅羽時，神情卻十分緊張，周身銀光亂迸，已將「天刑刀」放起，將全身護了一個風雨不透。

各人正在詫異，若是「吸星神簪」威力止此，如何能將「天星魔網」破去，英瓊心急，已待開口相詢，忽聽八姑喝道：「瓊妹小心！」

英瓊早和八姑約好，八姑一開口，英瓊「定珠」光芒已陡地擴大，八姑也自發動，「雪魂珠」的銀光，和「定珠」的柔光融合一起，珠光所罩，足有畝許方圓一片，將所有人一起護在其中。

雙珠光芒才一暴漲，已見「天星魔網」之中，億萬金星仍在閃耀不已，但每一點金星之上，皆附有自「吸星神簪」中射出的一點銀星，兩者緊緊相合，擠在一起，自銀星之上，有細到幾非目力能辨的銀絲，射向「吸星神簪」的一端，魔網中發出的厲聲，更是驚人心魂，紅羽咬牙切齒，神情更是緊張。

遠處一個老婦人聲音疾喝道：「時機已至，何不下手？」

各人聽出那是盧嫗聲音，也正疑惑紅羽如何還不下手，霞兒抬頭向紅羽看去，只見紅羽一面向「吸星神簪」連指，一面口唇動之不已，但是暴漲成數十丈長短的神簪，非但未能將魔網吸起，反倒緩緩在向下沉去！

霞兒暗叫一聲「不好！」但自己不明「吸星神簪」用法，也無法協助。

只聽得紅羽急叫道：「盧太仙婆，弟子法力不濟——」

紅羽語還未了，「吸星神簪」又向下沉了百十丈，連紅羽的身子也跟著向下沉來。各人大驚失色，正待紛紛出手相助間，只聽得半空之中，起了一聲暴喝，聲音並不甚大，但是聽了之後，人人皆是心頭大震，忙循聲看去，只見半空之中，一個身高才尺許的老婦人影子，閃了一閃，疾投向「吸星神簪」之上，一閃不見，勢子快絕。

眾人知道，那定是盧嫗元神趕來相助。「吸星神簪」雖是「天星魔網」的剋星，然而紅羽和星宿神君兩者之間，法力畢竟相去太遠，再加紅羽本非寶主人，盧嫗倉促傳授，自然難以儘量發揮至寶妙用。

此際必是盧嫗看出不妙，是以將本命元神趕來附在「吸星神簪」之上。以盧嫗的法力神通而論，這一來，自必成功無疑！

眾人所料，果然不差，盧嫗元神才一投入「吸星神簪」之中，只見原來細得幾非目力可辨的銀絲，陡然奇光迸射，億萬股銀絲匯成一束奇亮奪目，不可逼視的銀光，本來在緩緩下墮的「吸星神簪」，立時向上飛起。隨著神簪向上飛起，銀絲那面有人已從斜刺裡飛來，英瓊、八姑忙開放珠光，容她飛入。

各人一起向前看去，只見神簪飛高百十丈之後，那束奇亮若電的銀光，已然扯得筆直，「天星魔網」本來是靜靜不動，此際，宛如怒濤翻湧，發出的聲響之大，各人雖在「定珠」、「雪魂珠」之內，尚且覺得天動地搖，神魂欲飛，眼看附近幾座壁立的山峰，已在搖晃，看來立時會被「天星魔網」震動之勢震得直塌了下來。

八姑等人雖是久經大陣仗，但如今這等猛惡形勢，也自罕見，一面暗中行法，護住附近山峰不使倒塌多害生靈，一面仍目注盧嫗和星宿神君鬥法。

只見神簪在半空中略停之後，又繼續向上升去，但是去勢甚緩。隨著神簪向上升去，那束銀光並未拉長，那億萬緊附在魔網之中的銀星，仍然緊附在魔網中的金星之上，拉得整幅廣披數十畝的「天星魔網」，也在緩緩向上升起，勢子雖緩，但魔網上升之際，聲勢之猛烈，直是地動山搖，駭人之極，魔網頂上，起了一股極其強勁的罡風，捲得天上白雲，成筆直刺向青冥的一股白氣。

英瓊、八姑二人在用珠光將各人罩住之際，早已移開百十丈，離了魔網之頂。尚幸見機得早，否則照眼前這股盤旋向上的罡風看來，怕不要連人帶珠，直捲上九霄！眾人看得驚心動魄，只見魔網漸漸向上升來，已可以看到魔網之下，山嶺之上的景物，一座極大的魔宮已被震塌，到處皆是破瓦敗垣。

眾人一看「天星魔網」畢竟敵不過「吸星神簪」，已被整張吸起，眼看越吸越高，大功便可告成，盡皆躍躍欲試，魔宮已現，人人奮勇。

易鼎、易震二人，一直在「九天十地辟魔梭」之中，也不和眾人商量，兩人一般心意，一起發動，「辟魔梭」一溜紅光，首先激射而出，射出「雪魂珠」和「定珠」的光芒之外，向前飛去，易靜想要出聲阻止，已自不及。

也就在此際，只聽「天星魔網」之中，陡地傳來一下尖銳之極的呼嘯聲，魔網越向上升，洪厲之聲便越是震耳，但是那一下呼嘯聲，自洪厲之極的聲音之中直透出來，還是清晰可聞，直聽得人頭皮發炸。隨著呼嘯聲，只見整張「天星魔網」，陡地迅速無比向上反捲起來。

各人離魔網雖有百十丈遠近，但魔網反捲之際，帶起極大的力道，「定珠」和「雪魂珠」所化的光團，竟被掃得向外翻滾而出。易鼎、易震的「九天十地辟魔梭」，本來一出珠光，便向魔宮射去，此際也被魔網反捲之力帶著翻翻滾滾，向上捲了起來，眼看要投入魔網之中！

眾人看魔網反捲之勢，竟是向懸在空中的「吸星神簪」倒捲上去，顯是想將神簪包在網中，雖不知老魔打的是什麼主意，但本來是神簪吸網，如今魔網反捲，盧嫗的元神又附在神簪之上，可見老魔必有所圖，不禁齊皆大驚失色，失聲驚呼起來。

也就在此際，只聽得半空之中，又是暴雷也似一聲大喝，喝聲未畢，一隻青光熒熒，足有畝許方圓的大手，自天而降。

大手首先一把將已然轉投入魔網之中的「九天十地辟魔梭」一把抓住，順手向外一拋。那「九天十地辟魔梭」乃是易周苦心祭煉之寶，何等神妙，但此際被那青光大手一抓一拋，便宛若斷線風箏也似，直向外拋開去，竟一直沒入青冥之中不見，也不知被拋出了多遠。

就在青光大手隨著暴喝聲陡現的那一剎那，「天星魔網」已然反捲過來，幾乎將「吸星神簪」盡皆包沒，只有頂端還略有空隙，眾人只見「吸星神簪」的銀光，自那空隙之中疾射而出，看來是盧嫗正在施全力要逃出來，但是銀光才一射出，自魔網之中陡地射出一股魔網碧光，向銀光當頭壓了下來！

魔網碧光一現，銀光被壓得向下沉了一沉，「天星魔網」反捲包圍的勢子本就快絕，就這麼一阻，看來銀光已不能奪圍而出。

只見那青光大手，一拋出神梭之後，立時又抓向魔網碧光，同時一聲霹靂，另一隻同樣的青光大手，又憑空出現，先出現的是右手，後出現的是左手。右手抓住魔網碧光，略一搓揉，已將魔網碧光搓成千萬點流螢，四下飄散，左手則在間不容髮之際，向快要收口的「天星魔網」之中伸出，一撈便將「吸星神簪」，自魔網之中撈了出來。

這幾下變化，當真只是一眨眼間的事，眾人只看得目眩心馳。除了有數幾個之外，一時之間，也認不出那兩隻青光大手的來歷。只見「吸星神簪」才被抓出魔網之外。魔網已然完全包沒。自「吸星神簪」之上，傳來盧嫗的一下怒喝聲，兩隻銀光迸射的大手陡地出現，和一雙青光大手，四隻畝許方圓的大手，托著已捲成一團，烏光閃耀，金、銀二色星點亂迸的「天星魔網」，一起升空直上，走勢快絕，轉眼之間，已上升了千百丈。

各人一起仰頭向上看去時，只見魔網被托高千百丈後，陡地其色由黑而紅，接著，便是驚天動地一下巨響，爆散開來。

魔網雖然在千百丈高空爆裂，但振幅之大，大得驚人，「雪魂珠」和「定珠」所化的光團，立時如同在驚濤駭浪之中的一葉小舟一樣，被震得跳動旋轉不已，八姑、英瓊二人連運玄功皆無法停止。而附近數十座山峰，本來已被霞兒暗中行法護住，此際也經不住震盪之力，紛紛倒塌下來，勢子之猛烈，直是地動山搖，如浩劫之將臨，連魔宮所在的山峰也搖晃不已。

魔網炸開之後，托住魔網的四隻大手已然不見，化為半青半銀的一個光球，在光球之中，前古太火，其亮若電，猶如半青半銀的一個光球，將一個太陽包在中心一樣，仍在急速向上飛去，轉眼之間，只見三色奇光閃耀的一點，一閃不見。

直到此際，眾人才見「九天十地辟魔神梭」的寶光，遠遠刺空而來，看來剛才被那青光大手一抓一拋，少說也拋出了幾千里之遙！再向腳下看去，魔宮所在的山峰，終於也發出轟然巨響，崩塌下來。

在整座山峰崩塌，大小石塊四下飛濺之中，只見一股烈火沖天而起，向南疾駛，正迎上「九天十地辟魔梭」，紅光之中，是一個身形高大，奇形怪狀的苗人，正是苗疆哈哈老祖。「辟魔梭」迎頭撞上，兩道寶光自梭中激射而出，哈哈老祖也不躲避，任由寶光繞身而過。身化為千百股烈焰濃煙，依然翻滾向前，越過神梭，烈焰濃煙又復合而為一，去勢快絕。

哈哈老祖眼看去遠，在去路之前，陡地兩柄寶斧，萬丈光芒一起出現，將去路止住，原來笑和尚已看出哈哈老祖要逃，早已縱「無形劍遁」趕在前面，將去路阻住。

哈哈老祖重施故技，去勢絲毫不減，直飛向前，兩柄寶斧本是交叉攔住去路，哈哈老祖帶著百丈烈焰疾飛過來，立時分開，迎面砍出，寶光激射中，只聽得幾下慘嗥聲，數十百股烈焰，帶著濃煙，仍向前飛出，但去勢已自緩慢許多，看來已受創不輕。而笑和尚也已現身，手揚處，向迎面飛來，又已凝成一股的烈火，連發兩掌。

這佛門金剛神掌，更是非同小可，打得烈焰翻滾，成了一大團，倏地一聲厲嘯，發出烈焰濃煙之中，整團烈焰向上直衝。但英瓊此際也已發動，紫郢劍化為一道匹練也似紫光，經天橫亙，電射而至。

哈哈老祖改為向上逃走的去勢雖快，無奈先後受寶斧、神掌所傷，紫郢劍一到，又是一下慘嘯，繞身而過，護身烈焰，化為千百團雷火，四下爆散，聲勢也極猛烈，殘體也化為千百團血肉，將紫郢劍纏住。元神在一蓬碧陰陰妖火籠罩之下，急速向上升去，眼看可以逃走。

但英瓊在紫郢劍脫手之際，早就防到會有此結果，已在上空另作佈置。哈哈老祖元神才上升百十丈，三點紫色豆大火花已迎頭打下。等到哈哈老祖看出那是九天奇珍「紫清兜率火」時，三點紫火已一起打中，心頭一涼，三下爆音過處，元神便被消滅，空有一身妖法，竟連施展的機會都沒有！

當山峰倒塌，哈哈老祖縱起百丈烈焰逃去之際，笑和尚、英瓊二人追向哈哈老祖，其餘各人，關心被困在魔宮「黑地獄」中的眾同門，正紛紛向崩塌的山峰飛去。其時碎石亂飛，山峰倒塌之勢，何等猛烈，各人雖有法寶護身，下降之勢也不是太快。才落到一半，便見寶光高燭，在億萬碎石飛舞之中，首見「天心雙環」和玉虎的寶光，自塵霧之中直透出來。

眾人一見大喜，下降之勢更急，只見「神禹令」、「五雲神圭」、「金蓮寶座」的光芒相繼透出。霞兒趕在最前面，只見一道紅色劍光沖天而上，認出是英男的南明離火劍，忙以本門「分光捉影」之法收下。被困在「黑地獄」中的各人，在寶光籠罩之下，也全都現身出來。眾人一見其中有幾個似已昏迷不醒，更是關切，紛紛向同門飛去。

也就在此際，只見一蓬黑煙陡然沖天而起。眾人這才想到，山峰崩塌之後，只見哈哈老祖疾逃出來，未見星宿神君，一時忙於救人，疏忽了過去，此際看到黑煙陡然冒起，方始醒起，紛紛怒叱，一時飛劍法寶齊發，但黑煙去勢快絕，才一出現，一陣尖銳無比的厲嘯之聲便已直沖霄漢，餘音搖曳之際，已然不見，知已被老魔趁機逸走，暫且無法可施。

原來星宿神君在將陰陽十八天魔的陰陽主魔煉成之後，一心打著如意算盤，只當自此之後，天下任我荼毒。須知這陰陽十八天魔，是魔教中至高無上的魔法，非有兩個原來邪法已然極高的修道人元神作為主魔不可，星宿神君機緣湊巧，得了鳩盤婆和章狸的元神。十八天魔煉成之後，果然一放出來，眾峨嵋弟子，連乙休夫婦這樣的高人，也鬧了個手忙腳亂！

可是老魔也想不到，眼看可以得勝，丌南公卻拚捨原身，以身啖魔，並且還大展神通，引十八天魔齊向他飛去。當時老魔已覺不妥，行法召喚，十八天魔有丌南公這樣得道千年的原體可噬，如何肯捨。

老魔已算得見機，情急之下，射出十八股碧光，待將十八天魔硬拘了回來再說，但是丌南公也已發動，將隨身所帶法寶，連同原身，以至高無上的旁門法術一起將之爆散。這一爆之威，丌南公惟恐事情不成，實是全力以赴，陰陽十八天魔也立受重創！

當南公重創十八天魔之後，他本身法力全失，只剩元神飄蕩而下，但是這一念之際，已使他立地成佛，立時被天蒙、白眉、尊勝三位禪師，接引西方，成了正果，老魔在十八天魔受創之後，正在又驚又恨，紅羽已帶著「吸星神簪」趕到。

老魔自然知道，「天星魔網」的唯一剋星，便是「吸星神簪」，立時全力以赴。紅羽法力不逮，一上來時，老魔方覺神簪不如傳說之甚，心中暗喜。但等到盧嫗的元神一附在「吸星神簪」之上，形勢便立時改觀，整張「天星魔網」，竟被神簪吸得漸漸向上提了起來！

星宿神君又驚又怒，恨到極處，陡生毒計，竟豁出毀了「天星魔網」不要，就著神簪吸網之際，施展魔法，迅速將魔網反捲上去，準備將「吸星神簪」包住之後，行法爆散魔網。若是老魔毒計得逞，不但「天星魔網」和「吸星神簪」兩件至寶一起毀去，盧嫗的元神也必無倖理！

然而，就在快要成功之際，兩隻青光大手自天而降，將盧嫗在千鈞一髮之中救了出來。其時，魔法已然發動，盧嫗和來援的人，一起將魔網托高了千百丈，方始爆炸。就這樣，附近數十座山峰也全已被這一爆之威，震得倒塌。若是照老魔原來的毒計，連「吸星神簪」一起震毀，則振幅之大，遠及萬里，不知要造成多大的浩劫！饒是如此，魔宮所在的山峰也自傾塌。

星宿神君見勢不佳，令哈哈老祖先走，又收了「黑地獄」魔法，令被困的眾人現身出來，轉移注意力。待葬送了哈哈老祖之後，自己才陡然逃走，帶著已受創的陰陽十八天魔，自覓地重行以魔法祭煉。不提。

卻說原來被困在「黑地獄」中的眾人，對於外面發生了什麼事，卻一無所知，等到眾人一趕到，紛以傳聲相呼時，李洪、英男首先醒轉，收了法寶，和眾人相見，其餘各人仍然在寶光護體之下昏迷不醒。護身至寶，寶光強烈，眾人又不能代收，各自無法可施。

霞兒和八姑互望一眼，八姑道：「且先將各人護送到峨嵋去，請師長設法，將他們救轉！」

八姑語還未了，忽聽半空之中，傳來兩下笑聲，道：「不必了！我們足可代勞！」

眾人忙向上看去，只見盧嫗和一個手持青竹的少年，憑空而來，來勢快絕，一到便各自揚手，向昏迷不醒的各人連指，在寶光中的各人，立時醒轉，但都面帶迷惘之色。

各人認得手持竹枝的少年，正是大荒二老之一，枯竹老人。但又素知大荒二老不和，嫌隙之聲已有千年，如何會在一起？心中疑惑，皆不敢相詢，只是想起剛才情形，那兩隻陡然出現的青光大手，分明便是枯竹老人的元神所化！

原來枯竹老人和盧嫗不和由來已久，兩人法力均高，脾氣又自古怪，互不相讓。這次枯竹老人激盧嫗出面對付「天星魔網」，暗中也早已趕來，一面顛倒陰陽，連盧嫗那高法力，也無法推算得出。枯竹老人素知魔網厲害，但也料不到老魔竟會捨得將魔網和敵人同歸於盡。當魔網反捲之際，看出不妙，立時出手，偏巧易鼎、易震不知厲害，駕梭飛來，枯竹老人為了要救二人，先將神梭抓住，向外拋去，再出手將盧嫗救出。

盧嫗一脫險，和老人一樣，元神幻化大手，兩人合力，將魔網直托向上，看出魔法已經發動，又施全力，將魔網包住，任由魔網爆散。「天星魔網」爆散之威，何等厲害，老人和盧嫗法力雖高，一震之下，也是大受創傷，幾乎不能把持。

總算二人合力，還是將爆散之後的魔網，直送到兩天交界之處，任由罡風吹散。二人現身出來，相視一笑，莫逆於心，千年隙嫌，立時消散。二人全是得道多年的高人，避過了這一劫，心靈空明，立時大徹大悟，知道道家最後一次重劫，若不是二人聯手，便難避過。

二人合力，卻是綽綽有餘，過此便是不死之身，多少年來的擔心，一旦去了心事，自然盡皆高興莫名，也沒有多說什麼，便一起下降，救醒了各峨嵋弟子，又相視一笑，各自破空而去。

朱文、金蟬等人醒轉之後，各自收起法寶相見，霞兒首向金蟬走去，金蟬只是目注朱文，朱文泫然欲淚，避開金蟬的眼光。霞兒忙取出兩粒靈丹，給兩人服了。

一旁寒萼、司徒平二人，受傷最重，看來軟弱無力，英瓊看出英男無礙，便向二人走去，道：「幻波池『毒龍丸』已然出世，雖然未奉師命，我先自行作主，你們二人，每人各服一顆，可以助長功力！」

寒萼一聽大喜，司徒平卻小心謹慎，忙先道了謝，才道：「要是師長責怪——」

英瓊笑道：「我與聖姑有特殊淵源，師長原准見機處理，只管放心。只是悄悄服下即可，免得其餘同門見了不便！」

司徒平、寒萼二人感激莫名，心知聖姑所煉的「毒龍丸」，功效非同小可，乃是修道人夢寐以求的寶物。自己二人因中了藏靈子的妖法，雖有「神駝」乙休大力護持，總是不如其他同門，如今有了「毒龍丸」，便可以彌補這一大憾了！

寒萼心中尤其感激。自英瓊得師長殷重之後，寒萼一直心生不忿，認為英瓊後來居上，直到此際，才真正心悅誠服。當下英瓊取出兩顆「毒龍丸」來，交與二人。

寒萼、司徒平二人忙背著眾人，自行服下，運玄功調勻真氣。其時凌雲鳳也已醒來，只見一道金光，凌空飛來，直飛向凌雲鳳，雲鳳伸手一招，卻是一枚金色丹藥，正不知是誰所賜，只聽丹上發出一個老婦人聲音，道：「此是佛門『小轉丹』，服下之後，宜靜坐三日。」雲鳳聽出是芬陀大師口音，忙望空拜謝，依言吞服。

一干人等聚在一起，略一商議，李洪最是氣憤，依著他，便要向星宿老魔逃走的方向直追出去，哪怕追到天涯海角，也要出這一口怨氣！但各人卻主張先將事情稟明師長再說。李洪心中生氣，嘟著嘴不出聲。

本來，眾人之中，他和金蟬最是莫逆，但好幾次走近金蟬身邊，想和金蟬說話，卻只見金蟬和朱文默然相對，連他來到身前也不知道，心中更是不快，趁眾人還在商議之際，大聲道：「既然要稟明師長再說，我和各位便不同路，再見了——」話一出口，駕起遁光，便疾駛而去。

眾人知道李洪雖是九世修為，但最近的一世轉世未久，小孩子脾氣未改，卻也不去理他，由得他獨自馳去，餘人共商行止。不提。

卻說李洪獨自賭氣向前急馳，究竟是生性喜歡熱鬧，起初還盼有人來追自己回去，但馳出數百里，回頭看去，後面竟是人跡全無，心中更是有氣，心想你們行事慎重，我偏是個不曉事的！若不趁星宿老魔受創之際，將之追上，莫非等他將陰陽十八魔重煉成之後，再去對付他不成？

主意打定，認定了眾人所說星宿神魔遁出的方向，向前疾追而出。不一會，只見腳下白雲漸漸散開，乃是一片平漠，景色荒涼之極，時見成群結隊的黃羊在沙漠之中疾馳而過，揚起漫天塵沙，一片金黃色的沙漠，一望無際，延綿千里！

李洪這幾年來，已長了不少見聞，心知自己到了大戈壁的上空，心忖這一帶向來未聞有什麼妖孽盤踞，再過去便是天山，莫非星宿老魔躲到天山去了麼？

他一面想，一面仍在向前急馳，同時也在察看下面的地形，忽然之間，看到下面大片沙漠中，有畝許方圓一片，忽然向上拱起丈許，又迅速沉下，恢復原狀。

那一大片沙漠，倏上倏下，若不是上沉下落之際，整個沙漠隱隱顫動，發出一種聽來十分沉悶的雷動之聲，李洪幾疑是自己眼花！

李洪一見這等情形，心中不禁大奇，連忙停了遁光，小心向下看去，卻又不見有什麼異狀，試看向下，發了兩次「太乙神雷」，百丈神雷金光向下打去，打得平漠之上，立時沙粒旋飛，出現了幾個數十丈深的大洞，接著，四周的沙粒立時又傾瀉而下，將被雷火打出的深洞一起填沒。

李洪見沒有異狀，正準備繼續向前飛去之際，忽見一蓬銀雨，自沙漠中向上，疾穿上來。

李洪一見這種銀雨形的劍光，心中又驚又喜，忙叫道：「可是石師兄麼？」可是語還未了，也沒有聽到石生的回言，陡然又見沙中飛起一隻碧熒熒的大手，後發先至，竟趕在那蓬銀雨之前，五指收執，將那蓬銀雨疾抓下沙中去。

李洪一見，立時一聲叱喝，「斷玉鉤」首先化成一道匹練也似金紅交閃的光芒，直射而下。李洪出手已算快絕，但那隻碧光大手收勢更快，才一出現，將那蓬銀光劍雨，一撈在手中，立時縮入沙中不見。

李洪的「斷玉鉤」，本是前古奇珍，傳自曉月禪師，到手之後，又迭經佛法祭煉，威力更大。李洪發出之際，看出那蓬劍雨，十九是石生所發，未見說除了石生之外，還有什麼人有這樣的劍光。那綠色大手凶殘竟如此之甚，自當全力以赴。可是「斷玉鉤」光芒才一射出，綠色大手和銀色劍雨同時不見，「斷玉鉤」帶著轟發之聲直射而下，穿沙而入，少說也穿入了數百丈深，竟一點動靜也沒有！

李洪又驚又怒，身子也落了下來，一面手指沙面，運用玄功，仍在指揮「斷玉鉤」，在數百丈深的沙漠底下飛馳搜尋，正準備自己也潛入沙中去看個究竟時，忽聽身後有女子聲音笑道：「小道友，這沙漠之下，可是有什麼寶物要勞你搜尋麼？」

李洪一凜，心想以自己之能，背後忽然有人出現，來者定非尋常，一面一揚手放出一片佛光，護住身子，疾轉過身來看時，只見面前站著一個妙齡美貌道姑，正笑嘻嘻地望著自己，從未見過，但是通身又不見有絲毫邪氣。

# 第五回　妖孽暗算　太陰真火

李洪沒好氣道：「我在這裡做什麼都好，與你無干！」

那道姑也不生氣，笑道：「小道友有所不知，在這沙漠之下，伏有一個妖孽，神通廣大，非同小可，我看你小小年紀，不是妖孽敵手，是以好言相勸，你師長在何處？快快離開是非之地為上！」

李洪雖不願意人家欺他年幼，但對方說話，卻是一片好心，倒也不好意思發作，只是問道：「那是什麼妖孽？」

那道姑搖頭道：「和你說也不明白，剛才看你所發法寶，像非同凡響，必是你師長所賜，你師長亦在附近，可請出相見，共商對策！」

李洪哼地一聲，道：「你連『斷玉鉤』也不認得，還在恃老賣老！」

那道姑現出吃驚之色，道：「『斷玉鉤』是前古奇珍，聽說落在峨嵋棄徒曉月禪師手中，莫非你是曉月禪師之徒？」

李洪聽了，又好氣又好笑，道：「呸！憑他也配！」

那道姑只是搖頭，意似不信。李洪畢竟年幼好勝，見那道姑有不信之色，道：「『斷玉鉤』有什麼稀奇，我身懷至寶，有佛門『香雲寶蓋』、『金蓮寶座』，萬邪不侵。躲在地下的是什麼妖孽，你只管告訴我！」

道姑聽了，又驚又喜，神情之間仍是不信，道：「久聞『香雲寶蓋』、『金蓮寶座』乃西方至寶，如何會在你這孩童手裡？我在此守候，等著誅滅妖物已歷百年，你如真有這兩件佛門至寶，不但妖物可誅，連日前不肯聽我勸告，以致被妖物所困的那位小道友，也可以得救了！」

李洪聽了，心中陡地一動，道：「你說有一個小道友被妖物困在地下？這位小道友叫什麼名字？」

道姑道：「那位小道友和你一樣，想是仗著師長來頭大，不怎麼喜歡理我！但他所用幾件法寶倒也神奇，飛劍劍光如一蓬銀雨，項際一塊金牌，伸手一按，便自湧起一座山形金光，十分厲害——」

語還未了，李洪已叫起來，道：「那是我石生哥哥！剛才我還見他被一隻綠色大手抓下去，那大手可是妖孽所化麼？」

李洪本來一面和那道姑對答，一面仍暗中運用玄功，指揮穿行沙底的「斷玉鉤」，此際陡地覺出「斷玉鉤」遊行之間，似有一股極大的阻滯之力，試一運玄功，力道更甚，竟飛行不靈起來！

李洪這一驚實是非同小可，那「斷玉鉤」自到手之後，已與他心靈相通，平時發出去，若要收回，念動即至，此際竟然收不回來！畢竟好勝心盛，才在人家面前口出大言，要是將鉤失去，卻是下不了臺！一時之間，一張小臉漲得通紅，正是連運玄功支持之間，忽然聽得「噗」的一聲響，離身百丈之外，一股足有三尺方圓的沙泉直噴向天！

那股沙泉，噴高百十丈，紛紛灑下，沙漠之上，立時出現一個大洞，洞中碧光森森，厲嘯之聲大作。

李洪正不知道發生什麼變故間，只聽得那道姑大叫道：「妖孽將要出土，快用你所說那兩件佛門至寶對付！」

李洪吃虧在一上來對那道姑雖然沒有什麼好感，但是卻也自始至終未將之當作妖孽。一聽得道姑呼聲之中十分驚惶，再加上自己「斷玉鉤」又收不回來，可知妖孽神通不小，是以道姑一叫，立時一聲大喝，「金蓮寶座」首先放起，向著那個碧光連閃的沙洞疾壓下去！

「金蓮寶座」才一出手，金光萬道，上燭霄漢，出手便自暴漲，向沙穴之上一壓，只見沙穴之中射出一股碧光，似欲與「金蓮寶座」相抗。

碧光立時被「金蓮寶座」壓得向下沉去。就在此際，只聽得那道姑又驚呼起來，接著，又是「噗」地一聲，在李洪身後，又有一股沙泉噴起，同樣又出現了一個沙穴，自那沙穴之中，一隻碧光陰森的大手向李洪抓過來。

李洪又驚又怒，再是一聲大叱，「香雲寶蓋」又已發出。西方至寶，果然非同小可，那綠光大手立時往回縮去，李洪見那道姑滿面皆是驚惶之色，放起一道看來甚是精純，正而不邪的青光護住全身。看來除此以外，沒有別的本領。

李洪一時起了好心，仲手向道姑一招，道：「你若是怕妖孽，我放起佛光，連你一起護住如何？」

道姑聞言大喜，忙縱身過來，李洪已起一片佛光，連那道姑一起護住。也就在此際，只聽得一陣急驟已極的破空之聲自南而來，同時聽得一人大叫道：「小師弟小心，這是妖婦萬妙仙姑！」

聲才入耳，李洪還未聽出出聲警告的是誰，已聽身邊道姑一聲怪笑，李洪又驚又怒，雙手「太乙神雷」一起發出，百丈金光雷火爆炸之中，有幾縷淡得非目力所能辨認的五色彩煙過處，他九世童身，也支持不住，天旋地轉，神魂欲飛，急切之中還想用其餘法寶時，一道精光，已迎頭罩將下來，只覺身子向下一沉，半昏半迷之中，除了貼身還有一片佛光護身之外，全身法力竟然皆無法施展！

李洪心頭還不十分清楚，只覺得青光一裹住自己，立時向沙中沉去，百忙之中，聽得叱責之聲，依稀聽出像是大師兄阮徵所發，眼前又見「五色星沙」鋪天蓋地而來，身上又添出一股極大的吸力，和拉著他下沉的那股力道互相拉扯，身子忽上忽下，更覺得心頭煩悶之極，勉力鎮定心神，想行法相抗時，眼前一花，陡地見到一團濃綠色的綠煙，中間裹著一個六頭九身的怪物，冉冉飛舞而來。

李洪認出那怪物，正是小光明境萬載寒蚿，也不知何以會在此處出現，陡地一蓬銀絲射上身來，已將他全身裹緊。

李洪此際雖已中了妖人暗算，但仍有佛光護體，可是那一蓬銀絲疾罩上來，竟連同護身佛光，一起束住，緊接著身子向上一拋，那六頭九身的萬載寒蚿，也疾撲上來，怪爪伸處，將他一把抱住，飛舞而上，穿過漫天「五色星沙」，直上半空。

李洪自恢復前世靈智以來，得天獨厚，身懷至寶又多，幾時曾這樣任人擺佈過？心中又驚又怒，偏是無力相抗，眼看被寒蚿抱著，升高了千百丈，一道遁光疾射過來，現出一個貌相醜陋的麻衣少年，一到便叫道：「李道友千萬別動，你身中天蠍五彩毒煙奇毒，拙荊曾設法替你除毒，毒煙拔除之後，仍需靜養，不可妄動！」

李洪認出來人是金蟬等七矮的好友干神蛛，心中雖不服氣，但此際受制於人，卻是無法可施，而且干神蛛說得鄭重，人家一片好心，雖然事情突兀，也是一片好心，是以略點了點頭。

干神蛛飛近，一揚手，李洪身外的那蓬銀絲便已收去。

干神蛛又道：「李道友請收佛光！」

李洪護身佛光本來收發由心，隨意念所至，便能如意，此際竟要連運玄功，才始勉強將佛光收去。

佛光一收，寒蚿發出一下淒厲已極的怪嘯聲，六口齊張，六團濃綠色的濃霧疾噴出來，向李洪當頭罩下，轉眼之間，已將李洪全身罩住。

李洪身被綠霧罩住，只覺得鼻端奇腥，心思潮湧，身如在洪爐之中，燥熱不堪。也不知過了多久，綠霧陡收。只見隨著綠霧收斂，在自己身上，幾縷極淡的五色彩煙隨即升起，一旁干神蛛正全神貫注，揚手一團銀光將那幾縷彩煙罩住，才鬆了一口氣。

李洪再向一邊看去，萬載寒蚿已然不見，只有一個貌相極其秀美的少女，倚在干神蛛身側，神態似十分疲倦。

李洪神智一清，想起身上幾件至寶，全都不知下落，向下看去，只見一片無垠沙漠之上，「五色星沙」鋪天蓋地，足有百餘畝一片，緊壓在沙上，一個貌相俊美的重瞳少年，手指定金光四射的「朱雀環」，那無量星沙便自環中投出，投向下面，還在生生不已。看來行法頗繁，李洪向下望去，認出是阮徵時，只是向李洪點頭微笑。

李洪一縱身，便待向阮徵飛去，卻被身邊的干神蛛一把拉住，道：「道友身中天蠍彩霧奇毒，雖經內子將毒拔除，道友本身功力深厚，未受重傷，但終究還宜略加休息，不可——」

干神蛛講到這裡，倏地住口，向李洪細細一望，面有訝異之色。李洪心急，雖然看出干神蛛身邊那美秀少女，神態十分疲憊，像是因為救自己出力太多而起，心中感激，便是自出道以來，從來也未曾吃過這樣的大虧，正心切尋妖人晦氣，耐著性子聽干神蛛講話，及至干神蛛突然住口，忍不住道：「你講完了沒有？」

干神蛛笑道：「道友不必心急，想不到道友法力如此之高，那天蠍彩霧，毒性何等厲害，但一經拔除，便完全恢復，如今足可行動無事了，請吧！」

李洪也不客氣，一縱身，便向阮徵飛去，來到阮徵身邊，急叫道：「二哥，妖人呢？」

阮徵手指「五色星沙」，道：「我到時，先發警告，但你已著了妖婦的道兒，我眼看妖婦遁入地下，先用星沙將她出路阻住，正在行法搜尋，奇的是妖婦神通似甚廣大，星沙得隙即入，可以深入地底千丈，搜尋敵蹤，但至今一無發現，像是已經遁遠！」

李洪忙又道：「我那幾件法寶呢？」

阮徵笑道：「你也忒心急了，『香雲寶蓋』，『金蓮寶座』，全是西方至寶，誰能奪了你去？干道友夫婦為了救你，出了大力，你怎麼連謝也不謝一聲？」

李洪轉頭看去，只看干神蛛夫婦也已飛來，那少女疲態已失，容光煥發，看來更是秀麗。

李洪也覺自己太過心急，向阮徵作了一個鬼臉，正要開口，干神蛛已笑道：「李道友天真爛漫，大家都是同道中人，謝與不謝，有甚相干？」

李洪心中大喜，道：「你這人不錯！」說著，又向干神蛛身邊的朱靈望了一眼，說道：「你也不錯，就是一現原形，太過駭人！」

朱靈聽了，面有慚色，阮徵忙道：「洪弟你又來了！朱道友歷劫幾生，今生才得了萬載寒蚿的元胎。那萬載寒蚿有九千六百餘年功力，又是純陰之體，非同小可。若不是適才她以元丹的純陰之氣，將你體內天蠍的毒霧拔除，你當你自己能支持至今麼？別看寒蚿外形醜陋，已經佛光照射，再有『毒龍丸』之助，朱道友今生便能成道了！」

李洪吐了吐舌頭，道：「聽說『毒龍丸』已經出世，我和李師姊最好，向她要上幾顆，定無不允之理，包在我身上好了！」

干神蛛、朱靈夫婦聞言大喜。

干神蛛忙道：「一顆已經足夠，哪裡取要幾顆之多！」

雙方正說著，忽見阮徵雙眉緊鎖，喝一聲：「疾！」伸手一指，懸在半空的「朱雀環」陡地暴漲，在地上展布開來的「五色星沙」，迅速無比，如怒濤拍岸，驟雪歸竅，齊向環中擁去，轉眼之間便自收盡，阮徵伸手一招，「朱雀環」也自縮小，落向阮徵手上。

李洪忙道：「阮二哥，可是妖物已然伏誅了麼？」

阮徵皺眉道：「不是，『五色星沙』下沉千丈，似未有敵蹤，若再向下窮搜，只怕會觸動地肺中的太陰地火，是以收回。」

語還未了，李洪已然急道：「那麼石生哥哥呢？難道也不在地底了？」

阮徵聞言一驚，道：「石師弟也在這裡麼？」

原來阮徵經過此處，本是接到了屍毗老人心靈傳音，趕赴星宿海去的，半路上又遇上了干神蛛夫婦，三人結伴同行，齊向星宿海飛去。三人為了不願招惹，將遁光飛得極高，這才來慢了一步。

三人看到平漠之上金光萬道，阮徵認出那是李洪「金蓮寶座」所發的光芒，以為李洪在此大展神通，誅滅妖魔，沒想到其他，只想下去助李洪滅了妖邪，約了齊行。卻不料才一低飛，便發現李洪的三件至寶，「斷玉鉤」、「金蓮寶座」、「香雲寶蓋」已一起施為，妖邪並未現身，只是幻成兩股綠光和一隻碧熒熒的大手。

阮徵和干神蛛都是見多識廣，一見那隻碧熒熒的大手，便知是魔教中的高人元神幻化，非同小可，還沒想到那竟會是亙古以來最是窮凶極惡的妖孽綠袍老祖。此際，三人下落之勢已然加快，但也還只看到李洪和一個道姑站在一起，李洪放出一片佛光，要連那道姑一起護住。

這時，一直緊依在干神蛛身側的朱靈，忽然極其不安，干神蛛和乃妻早已心靈直通，看出朱靈不安，是因為大敵臨頭，剛想出言警告阮徵時，阮徵已一眼瞥見那道姑在佛光開合之際，揚手發出一蓬淡得幾非目力所能辨認的五色煙霧，向李洪當頭罩去，而李洪完全未曾防備。就在這時，阮徵也已看清，那道姑不是別人，竟是黃山五雲步「萬妙仙姑」許飛娘！

阮徵這一驚，實是非同小可，一面傳聲告急，飛快降落，一面「朱雀環」已離身而起，「五色星沙」漫天蓋地向下壓了下來。其時，李洪已經中毒，千神蛛跟著落下，揚手一蓬蛛絲，將正半昏迷的李洪撈了上來，由朱靈噴出丹氣，替李洪吸毒。

就在「五色星沙」發出之際，許飛娘想是知道厲害，化為一道青光，直投向綠色大手之中，眼前綠光一閃，一起不見。阮徵看出敵人是由地底遁走，立時運用玄功，將「五色星沙」向下沉去，搜尋敵蹤，直到李洪飛來，卻是自始至終不知石生曾在此處出現過。

李洪聽阮徵說了經過，也顧不得收回仍浮沉在半空的「金蓮寶座」、「香雲寶蓋」和「斷玉鉤」，一頓足，道：「我就是見到石生哥哥的劍光追尋下來，才遭了妖婦暗算的。石生哥哥若是遭了妖婦毒手，哪怕倒翻地陣，我也要將妖孽找出來！」

李洪急得滿臉通紅，一面說，一面將手一招，「金蓮寶座」首先飛來，李洪騰身其上，「香雲寶蓋」跟著飛到。二寶在李洪行法之下，更是金光萬道，祥瑞千條，聲勢威猛之極，李洪再一指「斷玉鉤」。

阮徵等三人尚不知他意欲如何為間，又聽得他一聲叱喝，連人帶寶，齊向地底衝去。

「斷玉鉤」在前，光華到處，地上沙旋急飛，已陷了一個百十丈深的大洞，激起的沙粒高達數十丈，擠壓旋轉，發出極其洪厲之聲。

緊接著，李洪已經連人帶寶向下沉去，沒入沙中，捲起的沙粒更高，轟轟發發，頓成奇觀。

阮徵一見大驚，忙叫道：「洪弟不可！」但李洪哪裡肯聽，阮徵急得和干神蛛夫婦一打手勢，話也顧不得說，立時也向下趕去。干神蛛夫婦緊隨在後，三人也直向地底沉去。

三人的去勢雖快，但李洪先發動一步，所用又是佛門至寶，全力以赴，去勢更是快絕，地下沙石岩層，在萬道金芒照射之下，挨著便如雪向火，變成火紅的熔汁，四下飛濺。阮徵等三人跟在後面，倒是絲毫不用費力。

阮徵一面追，一面傳聲急呼，李洪答道：「找不到石生哥哥，我決不干休！」

阮徵道：「地下千丈並無敵蹤，你這樣找法，如何找得到？」

李洪卻不再回答。

只見光芒照射，仍在向地底急速下沉。不消多久，已下沉千丈有餘，「金蓮寶座」光芒照射，化為熔汁的岩漿，已成淡青色，看來精純無比，但也分外灼熱，阮徵等三人俱需行法護身。

再過不久，忽然聽得地底之下，有一股洪厲之極的轟轟發發聲傳來，阮徵心知再以這樣速度向下沉去，轉眼之際，便到地肺。照李洪這樣的去勢，若是將地肺之中，三萬六千五百個包著亙古以來便自燃燒的太陰地火的氣包撞破一個，則立成巨災，非同小可！

阮徵心中著急，正想加急趕向前去，出言警告，忽聽李洪叱道：「妖孽往何處逃！」

阮徵用盡目力望去，只見金光之前，似有綠光一閃。

阮徵心中也不禁駭然，心想妖孽是何方神聖，竟能在地肺貼近處藏匿！

隨著叱責聲，李洪的去勢更快，陡然之間，只聽「轟」地一聲響，一蓬其色暗紅，黑煙繚繞，形如實質的火焰，陡地迎面撞來。一撞之勢，竟將李洪下沉之勢阻了一阻。

阮徵等三人仍在向下急沉，李洪的去勢一緩，三人立時追上，李洪正指著「斷玉鉤」，穿行於那一團烈火之中。阮徵等三人一到，李洪將寶座寶蓋的光芒略放，三人一起穿進寶光之中。

三人才一進入寶光之中，只見金光之外，已全被烈火包圍，李洪雖然仍在行法，但是金蓮向下沉的去勢卻十分沉緩，彷彿整個「金蓮寶座」全都沉在一種其熱無比，濃稠之極的烈焰之中，用盡方法，也無法看穿烈火之外是什麼情景。

李洪又驚又怒，揚手「太乙神雷」，連珠發出。可是百丈雷火，穿過金光，向外發出，反倒更是助長火勢。而且在雷火穿透護身寶光向外發出之際，有一兩絲黑煙透了進來。雖然只是幾絲黑煙，已是灼熱無比，幾難忍受。雖然阮徵手揚處，一片青光罩向前去，那幾縷黑煙便自化為萬千火星而滅，也已熱得難耐。

干神蛛急叫道：「李道友且勿再發雷火，只有更助長地胏『太陰真火』之威！」

李洪聽了，也不禁吃了一驚：「我們是在地肺『太陰真火』包圍之中麼？」

干神蛛道：「不錯，『太陰真火』比尋常烈火熱三千倍，我們若不是在佛門至寶護身之中，早已化為飛灰。李道友的『斷玉鉤』也以早收回來為是！」

李洪心中還不信「太陰真火」有如此厲害，聞言姑且一收「斷玉鉤」，倒是一收即回，可是「斷玉鉤」的光芒才一接近，只聽得一下巨震，李洪只覺得陡地一輕，眼前「斷玉鉤」已化為一團其亮奪目，不可逼視的精光。緊接著，這團精光爆散開來，在暗紅色的烈火之中，化為萬千點其亮灼目的火星，一閃即滅，前古奇珍「斷玉鉤」，竟就此斷送在地肺「太陰真火」之中。

這一來，李洪才知真的厲害，不禁又驚又怒，一時之間，不禁手足無措。阮徵和干神蛛二人雖然知道「太陰真火」的厲害，但是也只聞其名，未知其實，絕想不到如此厲害！連「斷玉鉤」這樣的前古奇珍，竟也被燒熔！

這麼厲害的真火，若說有什麼妖孽能加以應用，太過不可思議，必是自己下沉之勢太急，一不小心，闖進了地胏的一個氣包之中！若是已將氣包撞破，「太陰真火」外洩，立成巨災，那更是萬劫不復了！

阮徵一想及此，不禁冒汗，向李洪作一手勢，道：「我們如今看來暫時無礙。身在地胏『太陰真火』，已無疑問，不知真火有無外洩，洪弟且先行法，緩緩向後退去，看看情形如何！」

李洪雖然膽大，但得自「斷玉鉤」竟被太陰真火燒熔之後，也不禁氣餒，聞言運用玄功，令「金蓮寶座」緩緩向後退去。

此際，四人雖在兩件佛門至寶護身之中，但地胏「太陰真火」實是非同小可，自古以來，只怕未曾有什麼修道人敢攖其鋒。連綠袍老祖這樣的妖孽，也只敢在地胏氣包的邊上潛伏，直到許多年後，被他找到眾多氣包之間的隙縫，才可以自由來去。

李洪等四人仗著「金蓮寶座」之力，向下急沉，若不是去勢如此之急，在將近地胏之際，原有數十丈厚一層地煞之氣，將地胏氣包緊緊包住，一到這層地煞之氣，便會驚覺。但是李洪運用全力，去勢太快，數十丈地煞之氣一穿即過，等到撞進了一個氣包之中，已自不及了！

他們四人撞去的那個氣包，還只是地肺之中最外圍的一個小氣包，但是氣包中的「太陰真火」，已是非同小可。氣包外層，由一層無形的地氣包住，卻足隨破隨收，只是在「金蓮寶座」撞入之際，略為洩出少許毒煙。但只是這股毒煙，在地底隙縫之中流竄上升，已足以造成禍害了！

當下李洪運用全力，緩緩向上退去，去勢卻是極緩，和下沉之際的那種快疾大不相同，好不容易上升了百十丈，更是停滯不前，上面像是有一層極其堅韌的力道，將退路阻住。

李洪幾經施為，皆無法上升，雖然身在至寶之內，也覺得越來越熱，而且「金蓮寶座」和「香雲寶蓋」所發金光，看來也漸漸黯淡，像是也要被燒熔神氣。

李洪不禁人急，道：「阮二哥，我們來時既是撞進來，何不也用全力撞出去？」

阮徵苦笑道：「你當我未曾想到過麼？憑你兩件佛門至寶，再加上『五色星沙』，我也信可以撞破氣包脫身，但是這一來，可知要造成多大災害？我們寧願以身殉道，也不可冒此奇險！」

千神蛛夫婦二人互望一眼，相互靠在一起，一言不發，神情嚴肅。

李洪聞言，心中也是一凜，但隨即笑道：「阮二哥好作駭人之言，幾位師長全說我九世修為，到今世已是災滿道成之期，逢凶化吉，百無禁忌，我就不信這鬼火包可以困得住我！」

阮徵惟恐李洪胡來，忙道：「話雖如此，但是你可知道，道高魔長，眾師長雖然妙法通玄，但天機畢竟不可盡洩，後事也未必盡知——」

阮徵語還未了，忽然在洪厲之極的烈火聲中，隱隱似有語聲傳來。那語聲若斷若續，幾不可聞，還是朱靈耳尖，首先聽到，低聲道：「有人來了！」

經朱靈一提醒，三人用心聽去，果然聽得語聲漸漸接近，也聽得較為清楚，只聽得有人叫道：「阮師伯、李師叔，請示身在何處，以便會合！」

李洪雖認不出是何人在呼叫，但一聽這樣稱呼，可知來了自己人。心中雖不免仍有疑惑，因為聽稱呼，來的像是一個小輩。連自己和阮徵尚且困在「太陰真火」之中，一籌莫展，來人是誰，卻有這樣神通，可以在「太陰真火」內通行無阻？

李洪正在疑惑，還未曾出聲，阮徵已朗聲道：「來的可是火賢侄麼？」

阮徵聲音清朗，自烈火轟發聲中直透出去，只聽得一聲清嘯，自遠而近，直傳了過來。四人循聲看去，只見「太陰真火」之中，立現奇景。

本來，在「金蓮寶座」的精光之外，便是其色暗紅，夾雜著濃黑無比黑煙的「太陰真火」，望出去無邊無涯。這時在遠處出現了其亮奪目的一個紅點。那紅點雖然也是紅色，但才一出現，聲勢便自不凡，迅速移近，亮電也似的火光，四下迸射。轉眼之間，已經來到離寶座金光只有七八丈處，寶座中四人也看得分明，只見那是徑可三尺的一團亮電也似的光團，在光團之中，是一個全身火光亂迸的紅色小人。

自小人身上迸射出來的火光，齊呈銀色，宛如萬千絲銀電，四下迸射，將那光團撐住。在那光團之前，還有一股梭形金光，正在緩緩向「金蓮寶座」的金光接近，來勢雖然甚緩，但是看來勢子極其威猛。再加上「太陰真火」被光團激越千萬烈火，轟發之聲更是震耳欲聾。

阮徵在聽來人急呼之後，略一尋思，便想到後輩弟子之中，能夠不畏「太陰真火」的，只有秉「太陽真火」之精而生的火旡害一人，是以立時出聲相應。

此際一見，正是火旡害在「太陽真火」護身之下前來，心中大喜，又看出在「太陽真火」之外的那梭形金光，像是一件異寶，忙又叫道：「火賢侄可有善策，帶我們離開麼？」

火旡害人在「太陽真火」包圍之中，看情形正在全力施為，神情十分緊張，只向各人略點頭為禮，道：「我奉極樂太師伯祖之命而來，阮師伯、李師叔及干道長伉儷，切勿再施法寶，激盪『太陰真火』。請李師叔將『金蓮寶座』、『香雲寶蓋』兩件至寶的光芒儘量縮小，只等弟子一向前急穿，便尾隨在後！」

阮徵等人一聽連極樂真人都被驚動，火旡害乃是奉命而來，心中又驚又喜。本來為了對抗「太陰真火」的壓力，李洪正運用全力將兩件佛門至寶向外擴張。此時一聽火旡害這樣說，忙暗運玄功，將兩件至寶的光芒縮小。光圈一縮，四下重如山嶽的「太陰真火」更是勢如怒濤，一起向內擁擠而來，李洪全力以赴，一張臉漲得通紅。

不多一會，金蓮和寶蓋的光芒已縮成只有丈許方圓一團。縮小之後，金光更見精純。寶光中四人一起目注火旡害，等候他發動。

只見火旡害手掐法訣，向前一指，那梭形金光，發出「轟」地一聲響，射出大蓮金星，射入「太陰真火」之中，本來色作暗紅，無邊無涯的「太陰真火」，陡地轟然一聲巨響。

# 第六回
# 地肺真火　天地交泰

火色陡然變得明亮，燃燒之勢也分外猛烈。四人正在不知有什麼變故間，只聽得火旡害急叫道：「快走！」話還未了，火旡害在金梭匹練也似的金光開路之下，護身「太陽真火」，銀雷迸射，首先向前衝去。

李洪一見，也忙施為，金寶蓮座緊隨其後，前面有火旡害開路，再加上「太陰真火」的火色轉變之後，儘管聲勢看來比以前還要猛烈，但是阻滯之力卻小了許多。一團銀電也似的光團在前，金光四射的寶座在後，轉眼之間，便已衝出了百十丈。

在向前衝行之際，那梭形金光的尖端，一直在射出大蓬金星，金星所到之處，「太陰真火」由暗紅轉為灼紅。可是在衝出的百十丈之後，只見那股梭形金光正在漸漸縮小，射出的金星也不如一上來那麼多，看情形，竟像是在漸漸燒熔一般。

阮黴等四人看到這種情形，心頭正自駭然間，只聽得火旡害一聲暴喝，金梭去勢更疾，火旡害的光團跟著加快向前面去。

李洪哪敢怠慢，立時也加速前進，又衝出了百來丈，只見前面「太陰真火」其色又漸漸變為暗紅，前進之勢又自變緩。再看那梭形金光時，陡地化為萬千流雨，四下迸射，在「太陰真火」之中化為縷縷濃煙，無聲無息，便自消滅！

四人知那梭形金光，既能在「太陽真火」之中開路，必是一件異寶，但畢竟也敵不過「太陰真火」的威力，像李洪的「斷玉鉤」一樣，葬送在「太陰真火」之中！梭形金光一經消滅，火旡害和李洪等四人的去勢陡地受阻。

只聽火旡害叫道：「阮師伯，只等『五雲神圭』光芒一起，立時向外衝去！」

阮徵本來還想問上幾句，但是看到火旡害在光團之中，手忙腳亂神氣，知道事情緊急，也不敢多說什麼去分他心神，只是答應一聲。火旡害話才出口，在「太陰真火」的光團之上，陡地現出了兩條形如穿山甲，墨綠形的寶光。才一出現，兩條寶光之下，似有十八對短足一起划動，迅速向前穿射而去。火旡害的「太陽真火」光團，似停留不動。

李洪略一猶豫間，只聽火旡害急叫道：「李師叔還不快步，更待何時。」

李洪立時催動寶座，緊跟著「五雲神圭」的寶光向前飛馳，這一次，去勢更快，晃眼之間，又穿行了數百丈，陡地身上一輕，已經穿出了「太陰真火」之外！

李洪催動「金蓮寶座」，向前疾馳而出，勢子何等急驟，一衝出了「太陰真火」包圍之外，去勢更是快絕無倫，眼前一黑之後，「金蓮寶座」的光芒，陡地自動暴漲百十丈，射向前面，地底岩石，遇上便即化為雪色的流汁，四下激射。一眨眼間，又是百十丈遠近。

而本來在前開路的墨綠色寶光，在帶著李洪一衝出「太陰真火」的包圍之後，立時自動轉向，往回射去。阮徵等四人未見火旡害衝出來，心中關切，一起回頭看去。只見身後一股筆也似直，色作暗紅，轟發之聲震耳欲聾的「太陰真火」，正激烈而來。四人心知那是自己衝出來之際，穿破氣包，「太陰真火」趁機逸出，心中俱皆大驚。

阮徵和李洪俱是一般心思，都想先用法寶去將「太陰真火」擋上一擋，忽聽身旁有人叱道：「只顧前進，不可後顧！」

隨著呼喝聲，只見身邊金光迸現，一團精純的金光，中間裹著一個芒鞋赤足的幼童，已然現身出來。阮徵剛認出金光中人，正是「極樂童子」李靜虛時，一股大力已自湧到，李洪竟無法控制，不由自主向前急射而出，去勢快絕。

四人在百忙之中，只見極樂真人將手一召，「五雲神圭」已化為一股墨綠色的光芒，向激射而出的「太陰真火」外洩之勢阻了一阻。同時，看到「太陰真火」之中，一團亮光翻翻滾滾湧了出來，而極樂真人已化為一道匹練也似的金光，投進了神圭寶光之中。

這一切全是一瞥之間的事，寶座被極樂真人行法催動，去勢快絕，所過之處，岩石燒熔，但一過之後，身後急旋飛濺的熔汁又迅速凝固，身後情形，已然看不見了，而「金蓮寶座」，仍在迅速無比向前飛去。

阮徵等四人心頭不禁駭然，心知「極樂真人」李靜虛與師祖長眉真人同輩，法力之高，已經不可思議，有他主持，應可無虞。但是適才情勢如此危急，如今雖已脫困，仍不免心有餘悸，也猜不透火旡害何以會奉命前來。寶座向前急馳，少說在地底又穿行了幾百里，勢子才漸漸放緩，李洪行法，「金蓮寶座」破土而出，暫且按下不表。

卻說火旡害之來，事先連火旡害自己也不知道。星宿海魔宮事完，哈哈老祖形神俱滅，星宿神君帶著被丌南公捨卻原身，震成重傷的陰陽十八天魔逃走，眾人帶了受傷的各人，有的回轉峨嵋仙府，有的中途分手。

英瓊、易靜和癩姑、英男等四人，帶著沐紅羽逕回幻波池，才一落下，便見袁星、火旡害、錢萊、石完、上官紅等弟子，一起迎了上來，行禮未畢，陡地一股金光自天而降，來勢快絕，各人只看出那股金光精純之極，分明是正派之中得道多年的前輩真仙所發，還未看出是什麼人，金光便直向火旡害射去。

火旡害也是得道千年，非同小可的人物，可是說也奇怪，金光一射到，只一捲，便將火旡害捲起，立時又向遙空之間激射而出！同時，英男法寶囊之中，「五雲神圭」也陡然裂開而出，直射遙空！

旁人因為金光才一入眼，便知那是正派中仙長所發，雖然事出突然，不免驚駭，但還不至於妄動。

唯有石完，見識又淺，性子又急。一見火旡害陡然之間被金光捲走，不由得大急，怪叫一聲，道：「還我火哥哥！」一面叫，一面縱身飛起，「石火神雷」連珠價發出。可是等石完發動時，金光在遙遠空際閃了一閃，便自不見，哪裡還追得上！

石完停在半空，醜臉漲得通紅。癩姑忙叱道：「石完休想亂來！金光是本門師長所發，怎可無禮？」

石完仍是不服，向著金光去處，神態甚是不敬，看情形像是要開口說話。

癲姑等人心知石完天真爛漫，又和火旡害最好，這時不開口則已，一開口必無好聽話說，正待連聲叱止，忽見石完在半空之中，一聲怪叫，整個人直向地下跌了下來，竟然一身法力都用不上，在地上重重摔了一跤，好不容易掙扎站起，仍是一臉茫然，看來這一跤，摔得他七零八落，著實不輕。

眾人看了石完這等情形，皆覺好笑。

袁星過去扶起石完來，道：「石師弟怎麼了？」

石完用力推開袁星，道：「誰要你這母猴子來賣好！」一面說，一面抬頭望向上空，仍是一片疑惑之色。眾人心知必是剛才那股金光主人對他小作懲戒，更是覺得好笑。

就在此際，兩道遁光自天而降，卻是金蟬、朱文二人。

兩人一落地，金蟬神色焦急，道：「石師弟沒有來麼？」

英瓊道：「一直未見石師弟，我也在奇怪，他應該接到告急令牌，怎會不來？」

金蟬急道：「糟糕！石師弟一定落在妖邪手裡了！」

癩姑斥道：「蟬弟就是愛胡說八道，石師弟可是好吃的果子？妖邪見了他躲避還來不及，好端端怎會落在妖邪手裡？」

金蟬一瞪眼，道：「你知道什麼？我和文姊在魔宮『黑地獄』之中——」

金蟬語還未了，朱文在一旁已然俏臉通紅，嗔道：「你再胡說，看我睬你！」

金蟬反手握住朱文纖手，道：「全是自己人，又怕什麼？反正我又不思作大羅金仙。我們在『黑地獄』中吃了虧，只好當地仙，反倒可以永久在一起，有什麼不好！」

朱文聽了，眼圈一紅，摔開了金蟬的手，並不出聲。金蟬雖還未曾明言，但易靜等人自然知曉，心知這是定數，無可挽回。反倒是金蟬，一點也不在意，又道：「我們來時，遇到大荒二老，兩位前輩已言歸於好，對我們說，地仙有什麼不好，只要能度過四九重劫，變為不死之身，神仙歲月，快樂逍遙，何等自在！二老不久重劫將臨，二人攜手，必可輕易度過，過此便是無邊快樂歲月了。枯竹老仙又對我說，他經過沙漠時，像是看到石生的銀雨劍光，在和一團綠光鬥法。」

癩姑道：「既是枯竹老仙見到，不論是何等妖邪，還不望風而逃麼？」

金蟬道：「我當時也這樣說，但老人說他當時急於趕來相助盧仙婆，稍遲一刻，便鑄成大錯，是以未曾出手！」

易靜等人想起魔宮之上，「天星魔網」陡然反捲，間不容髮的情景，心知金蟬所言不虛。

金蟬又道：「老人又說，看那團綠光，像是南方魔教之祖，昔年盤踞在百蠻山陰風洞的綠袍老祖。惟恐石生有甚不測，吩咐我們，立即去查看一下！」

英瓊等人一聽，心中也不禁駭然。當年在百蠻山上空，本門師長、三仙二老，再加上藏靈子圍攻綠袍老祖，還有紅髮老祖用「化血神刀」傷了妖孽，才將之困入「生死幻滅晦明微塵陣」之中一事，本所深知，若是綠袍妖孽再次出世，只怕石生真要身遭不測！

當下各人匆匆一商議，由英瓊、癩姑二人同了金蟬、朱文，立時向枯竹老人所說的沙漠趕去，餘人隨易靜到幻波池中靜候。

卻說火旡害陡然被金光捲走之際，心中也是又驚又怒，若不是近來已經火氣大消，當時便要發難，及至身在空中，一眼看到師父的「五雲神圭」竟緊隨著自己身後一起飛起，不禁大驚，心忖發出金光的是什麼人，竟有這樣大的神通！

一轉念間，福至心靈，非但不掙扎，反倒朗聲道：「哪一位前輩差遣，但有所命，無有不從！」

金光去勢快絕，火旡害才講了兩遍，已被金光捲出，不知飛出了多遠。陡地眼前一花，金光消失，身落在一片平漠之上，面前站著一個貌相英俊，赤足芒鞋，十二、三歲幼童。

那幼童雖是年幼，但是神儀內瑩，自有一股極其莊嚴的神態，手中正持著「五雲神圭」。

火旡害畢竟見多識廣，一見之下，立時想起一個人來，急忙拜倒，口稱：「晚輩火旡害拜見！」

那幼童笑道：「你這火精，倒也乖巧，你可知我是誰？」

火旡害戰戰兢兢，又向幼童望了一眼，道：「晚輩不敢亂猜，但前輩模樣，頗似極樂太師叔祖！」

那幼童笑道：「你這火精，果然修煉多年，有點道行。」

火旡害一聽對方如此說話，知道眼前幼童，果然便是聞名已久，輩分極高的極樂真人，不禁大喜，忙又重新禮見。極樂真人一擺手，道：「我有一件急事差你去辦，你敢不敢去？」

火旡害嘻著一張嘴，道：「太師叔祖有差遣，有什麼不敢去的？」

極樂真人臉色一沉，道：「你可別將事情看得太容易了，我將情形告訴你，去是不去，由你自己決定，我決不勉強！」

火旡害畢竟得道多年，一聽極樂真人這樣說法，知道事情非同小可，立時莊容道：「請太師叔祖明言，弟子將盡力而為！」

極樂真人道：「我知你秉丙火之精而生，又勤練『太陽真火』，威力甚大。但是地胏氣包之中的『太陰真火』，你可抵受得住？」

火旡害聞言，心中一凜，略想一想，便道：「弟子昔年在月兒島火海之中，被連山大師『太陽真火』所困，曾在火球之中悟出不少道理。素知地肺『太陰真火』雖與『太陽真火』同出一源，但一陽一陰，大不相同，若弟子以『太陽真火』護體，雖可抵擋一時，但只怕不能長久！」

極樂真人聽了，目注地下，低聲自語，道：「陰陽互濟，本出一源，這道理諒你這火精也不明白！」

極樂真人的語音極低，可是火旡害卻聽了個明白，當時心中便是一動，隱隱感到心靈大受震動。心知此時是自己一生之中成敗的重要關鍵，偏又不可捉摸。

一時之間，便聽得極樂真人「哈哈」一笑，道：「我適才看到李洪、阮徵及干神蛛夫婦四人，因急於追趕妖孽，誤入地肺之中的一個氣包，身受『太陰真火』包圍，危在旦夕——」

極樂真人話未說完，火旡害已是喜形於色，道：「既是如此，小弟這就衝進『太陰真火』去，帶李小師叔他們出來！」

極樂真人向火旡害點了點頭，道：「好，我賜你一道靈符開路，和你同時深入地底。那『太陰真火』，連我也不敢稍攖其鋒，你一切要小心！」

火旡害聽出極樂真人再三叮囑，事非尋常，連忙點頭答應。

極樂真人又將手中「五雲神圭」遞過道：「這是余英男之物，你應該知曉運用之法？」

火旡害道：「是，師父曾將用法相傳。」

極樂真人點了點頭，道：「你也可算難得，本身修煉千年，一旦拜師，便能尊師重道。余英男雖然是你師父，但是修為年淺，本身道力反倒還不如你。你們雖有師徒之名，但是徒弟比師父早日得道，也並非不可能的事！」

火旡害聞言心中也是一動，略有所悟，沉吟不語間，只見極樂真人一揚手，一道金光已自發出。那道金光懸在火旡害身前不動。緊接著，只聽真人喝道：「去吧！」語還未了，星光一閃，真人首先不見。火旡害身子向下一沉，直向地底穿去。

此時火旡害一面急速向地底沉去，一面心中盤算真人前後兩番語言，心頭仍是迷惑。心知要在地胏氣包的「太陰真火」之中救人，絕非易事，稍一疏忽，便會引來極大災禍，是以索性不去想，運用玄功，向下直沉，不多一會，已自聽得地底轟發之聲傳來。尋常修道人到這時候若沒有法寶護身，便會覺得灼熱難耐，但火旡害本是火精，若無其事。

他一面下沉，一面不斷以傳聲呼叫，但是了無回音，又下沉了千百丈，一直在他面前開路的那片金光，去勢陡然一緩，同時聽得金光之中，傳來極樂真人的語聲。

極樂真人道：「你如今離地肺『太陰真火』只有百丈，可速以『太陽真火』護身向下疾衝，待你衝進『太陰真火』之後，我靈符便一化為二，一半將你衝破之處護住，另一半仍在前開路，你找到四人之後，定要在後斷路，『太陰真火』若是外洩，立成巨災，切記，切記！」

火旡害一面答應，一面放出「太陽真火」，四外由其亮若電的真火護住，再向下一沉間，只聽得「轟」地一聲響，全身已陷進一大團無邊無涯的暗紅色火團之中。那種暗紅色的火焰，濃煙飛離，看來火勢並不猛烈。火旡害又是秉丙火之精而生，什麼樣的烈火未曾見過，照說應該了無所懼才是。

可是說也奇怪，火旡害護身的「太陽真火」之外，才一被這種陰暗的火焰包住，心靈之中便不由自主生出一股極度的恐懼來，倒像是自己已經到了生死關頭一樣！

火旡害自從月兒島火海脫困之後，拜在余英男門下，火性本已煞了不少，再加上常被余英男用「五雲神圭」中的五行神線滅他火煞之氣，行事已然穩重不少。像如今這種情形，更是得道以來從來未曾有過之事，更是戰戰兢兢，一點也不敢大意，先勉力鎮定心神，回顧身後，化出去的半片靈符，在暗紅色的火焰之中，金光略閃即滅，看不出有什麼變化。

再向前看去時，前面那半片靈符，金光已幻成梭形，正在前緩緩開路。火旡害最精火遁，本來千丈烈焰，轉瞬可過。但此際身在「太陰真火」之中，卻覺得向前去的勢子不但極緩，而且阻滯之力極大。那團團飛揚的火焰之中，更像是有一股極大的吸力，要將他用來護身的「太陽真火」光團，扯得向外四下飛裂。

火旡害一面加緊運用玄功，小心在意，向前緩緩飛去，一面出聲呼叫，及至看到了「金蓮寶座」的寶光，才和阮徵對答。其時，阮徵等四人已看出火旡害正在全力施為，神情極其緊張，卻也不知道他這時已是竭盡所能。等到「太陽真火」一發，四外牽吸之力更大，好不容易將四人帶到氣包邊上，四人運用「金蓮寶座」之力，疾衝了出去，火旡害也想跟蹤而出時，自後牽吸之力陡地大增，身不由己，連人帶光團，一起翻翻滾滾，被扯進了陰火之中。

火旡害這一驚實是非同小可，趕緊運用玄功，想要止住退勢之際，陡地瞥見「太陽真火」的光團，本來是其亮若電的光芒，四下迸射。但此際向四外射出的光芒，竟在漸漸消失，像是被地底「太陰真火」燒熔神氣，心靈也大受震盪！

火旡害更是大驚，一時之間，不知所措。此際，包圍在護身光團之外的若是其他法寶，他還可以運用「太陽真火」抵擋。而照如今情形看來，「太陽真火」和「太陰真火」之間，顯然有著極其微妙的關連，身在「太陽真火」保護之下，但「太陰真火」正在漸漸向前侵來！火旡害略一發怔間，一陣密如連珠，但極其輕微的爆音過處，身外護身光團陡地消滅了一半。

火旡害大驚之卜，不假思索，一張口，一團其白如銀的火團緩緩噴出。那是他本身三昧真火，若是不到極其緊要關頭，決不輕吐，這時，他原打算將這團威力無匹的三昧真火吐出，化為一個光團，再將自己護住，衝出「太陰真火」的包圍再說。可是他這裡一團其白如銀，電光四射的火團才一噴出，「太陰真火」之中，立時起了一股尖厲之極的響音，自遠而近，迅速傳來，來勢快絕。

火旡害還未曾弄清究竟發生什麼變化之際，只見一團其黑如漆，但又分明是一個火圈，四外暗紅色的火焰，挨著便自化為濃煙的烈焰，正自疾馳而來。那濃黑的火團一現，火旡害噴出的那團三昧真火本來去勢極緩，此際陡地加快，似為那團黑色烈火所吸，向之投去一般！

火旡害這一驚實是非同小可，連運玄功，卻無法將本身三昧真火收回，眼看一白一黑兩團火團快要撞上，忽聽得耳際傳來極樂真人一聲大喝，道：「你到如今還不明白麼？」

這一聲大喝，令得火旡害心靈一震，陡然之間，大徹大悟，「哈哈」一笑，竟捨了護身的「太陽真火」光團，立時向前飛去。

火旡害一向前飛去，他護身的那團「太陽真火」立時被陰火消滅，而火旡害也在一黑一白兩團火團快要合併為一之際趕到，身子在兩團火團間一停，只見黑火在左，白火在右，一齊向他打來，一挨著他身子，立時不見，火旡害神情高興莫名，一聲長嘯。

那團濃黑色的火團，一進入火旡害的身子，四外的陰火突然一起消失，化為濃煙，在濃煙之中，火旡害全身之外罩著一層精純之極的火光，隨著他那一聲長嘯聲，衝煙而出。

那團濃黑色的火團，本是地肺氣包之中，太陰真火之精。火旡害修煉雖久，但是從未想到，「太陽真火」和「太陰真火」生性相剋相生。當他張口噴出「太陽真火」三昧之精時，立即將「太陰真火」之精引來。

這時，火旡害不知陰陽互濟，坎離相合立可產生妙用，還擬用本身三昧真火前去抵敵。若不是極樂真人陡然一聲大喝，兩團真火相遇，立時發生驚天動地的爆炸，將整個氣包爆炸，弄得不好，還會影響其餘無數氣包，到時地肺重成烘爐，地面之上，不論山川河流，人畜仙凡，也一律蕩然無存了！

幸而火旡害畢竟得道千年，被極樂真人一喝，立時省悟，若是能將陰陽真火一起收歸己用，由相剋變為相生，天地交泰，自己本身又是秉火而生，立時天下火源歸而為一，無分陰陽，這正是修煉千年，夢寐以求的一刻，如何竟會事先想不到？是以立時發動，在千鈞一髮之際，趕到兩團火團之間，兩團火團向他撞來，其時火旡害已渾然無我，只覺本身是火，四外也是火，火與神合，再無人、火之分，自然大喜過望，衝煙而出。

這一衝勢子極猛，直從沙漠之中衝了上來，身在半空略停，只見一望無際的大沙漠，如波濤般起伏三次，便自靜止。緊接著，一股墨綠色精光和一道金光，一起自地下掠起，正是極樂真人手持「五雲神圭」，現身出來，似笑非笑地望著他。

火旡害伏地便拜，真人這次卻立時閃身向旁，道：「你得道在後，成道在先，如何還向我行這等大禮？」火旡害卻不理會，仍然向真人行了大禮，站起身來。

他才一站起身，便見正南方一團紅雲疾飛而至，來勢快絕，停在當空，急速旋轉。在紅雲之上，傳來一個極其宏亮的聲音，喝道：「帶九天仙府赤帝之旨，火旡害急速到職！」

火旡害向真人一笑，真人揮手道：「你只管前去，我會對余英男說！」

火旡害不再出聲，一揚手，也是一朵紅雲飛出，托住他向上飛去。轉眼之間，便與天上的紅雲相合，疾向南天遙空射去，去勢快絕，轉眼不見！

真人等到紅雲不見，化為一道金光，直向幻波池方向射去。其時幻波池各人已然回轉洞府，英瓊等四人仍未回轉。各人正在揣測將火旡害捲走，又帶走了「五雲神圭」的高人是誰，眼前金光一閃，真人已然現身。各人一見，連忙拜見。

真人先將神圭還了英男，道：「火旡害在地胏之中，悟透了陰陽會合之妙，已然成道，在九天仙府，赤帝府中供職。他修煉千年，應有此遇。」

各人聽了火旡害有這等際遇，又驚又喜，俱都代他高興，想起他本來生性何等狂野，居然能夠低聲下氣，拜在余英男門下。若不是當時有此一念，又如何會有今日之際遇？可知一飲一啄，莫非前定，盡皆驚嗟不已。

真人又道：「阮徵等四人，雖然已經自『太陰真火』的包圍之中脫困，可是在地底急竄，只怕又會有事故發生。我日前曾與南海玄龜殿易周，共參先天神數，約略算出群仙大劫將至，竟應在一個九世童真轉世的修道人身上發動，若此人便是李洪，則他一去，不生事則已，一旦生出事來，必然牽連極大，你們要小心在意才好！」

各人聽得極樂真人這樣說法、不禁駭然。又知天機不可洩漏，連真人此際也語多不詳，由此便可知一斑了。

真人說完，袍袖一展，一片金光過處便自不見。洞中各人心知來日劫難方多，易靜命各人嚴守崗位，不奉師長命令，不得擅出。

易靜表面看來雖然非常鎮定，但是心中卻也十分焦急。

要知道峨嵋第二代弟子，個個仙根仙骨，又多身懷至寶，對於邪魔外道，本來是絕無所畏懼。在星宿海魔宮之行以前，也是所向無敵，群邪望風披靡。但是星宿海魔宮之行，多人被困在「黑地獄」之中吃了大虧。

可知道高一尺，魔高一丈，事情並非如此順利，一往無阻。是以在佈置定當之後，也用心推算了一會，不得要領。又向師長通誠祝告，想先得點預示，也沒有回音。英瓊、癩姑離去之後，守洞重責落在她的身上，也不便元神出遊，只得在幻波池中靜候。

卻說癩姑、金蟬、朱文、英瓊四人，一自幻波池起身，便照著枯竹老人所說的方向，向前疾飛而出。四人心急趕路，又恐遁光太強，飛得極高。這一來，雖是快了些，但卻和回幻波池來的極樂真人錯過。

等到四人趕到沙漠上空，其時火旡害已然成了真仙，被九天仙府的赤帝接引到仙府之中，極樂真人亦已離去。一望平漠，漫無邊際，除了偶爾可見成群黃羊，奔馳而過，激起黃沙之外，連個人影也不見。

四人在上空飛馳了一陣，沒有結果。朱文便埋怨金蟬道：「都是你心急，也未曾問清楚，就慌慌張張趕了來。」

金蟬道：「枯竹老人只說人在這一帶出現，連他也不知道確切地點，我如何問法？」

癩姑道：「你們不要爭吵，石師弟也並不是好吃的果子，我們若是在這裡找他不到，索性四人分頭去尋找，必也有端倪可尋！」

癩姑正在說著，忽見一道遁光在遙天掠過。四人俱認出是本門家數。但那遁光去勢甚急，一時不及傳聲阻止，四人忙縱身追了上去。追不一會，前飛遁光像是也發覺身後有同門追來，也轉折迎了上來。四人止住遁光，現身相見，前面遁光中的卻是秦紫玲，只見她滿臉驚惶之色，像是身有重大劫難一樣。

癩姑等四人素知紫玲、寒萼姊妹二人，性情大不相同，紫玲為人穩重，若不是事情危急，斷然不會如此著急，心頭盡皆一凜。

四人尚未開口，紫玲已劈頭問道：「可曾見到石生師弟麼？」

金蟬忙道：「我們也正在找他！他究竟遇到了什麼妖孽？可是綠袍老祖漏網之後，再次出世了麼？」

紫玲聞言一怔，像是不知事情和綠袍老祖有關，只是道：「紫雲宮被毀，已整座沉入了海眼之中，石師弟是追趕一個妖人前來，我只知他依此方向而來，卻因路上又遇到了妖孽鬥法阻了一陣，便自不見他的蹤跡！」

四人一聽紫雲宮被毀，沉進了海眼之中，不禁大驚，相顧失色。

金蟬更是吃驚，道：「靈雲姊姊呢？」

紫玲道：「大師姊還在和敵人鬥法，既有你們四人在找石生師弟，我要先回去了！」

四人不知有多少話要問紫玲，但紫玲神色惶急，話一說完，立時化為一道青光，疾射而出，一閃不見！

英瓊心急，道：「不知是什麼妖孽去犯紫雲宮，既然紫雲宮已毀，可知妖孽必非小可，只怕大師姊他們力單勢孤，我們——」

英瓊語還未了，金蟬已道：「我和文姊在此，你們到紫雲宮去！」

癩姑略一思索，道：「幻波池中同門甚多，我們去時經過，可以再叫別人分途行事。」

朱文也覺得這樣較好。四人便分作兩頭，癩姑、英瓊縱起遁光，直向東馳去。

二人法力日高，遁光何等迅速！不多久便已到了幻波池上空，英瓊元神化身回到洞中，再去調派，原身仍和癩姑一起，向前急馳。

紫雲宮自紫雲三女離開後，便是齊靈雲修道之所，深藏海底，本來幽靜之極，經靈雲、紫玲二人刻意佈置，更成了海底仙境。神仙歲月，本來平安無事。那一日，石生在海面之上路過，想起上次大破紫雲宮，救出生母等事，一時高興，分水而下，到了宮外，宮中侍者迎了上來，才知紫玲、靈雲二人俱皆外出未歸。石生自己在宮中盤桓了三日，在守宮的辟水神獸帶引之下，在海底任意遊蕩，正待再玩幾天，若是紫、雲二人未回，便自離去。

也是合該有事，那天下午，正由辟水神獸帶路，在極深的海底，逗引一枚巨蚌。那巨蚌足有七尺開外，開合之間，激得海底浮沙一起飄揚，十分有趣，石生正玩得高興，突然聽得身後辟水神獸陡地怪叫起來，石生回頭一看，只見神獸口中噴出一團青氣，向不遠處海底一個沙丘罩去。

那沙丘在海底，看來毫不起眼。在廣闊的海底，這種沙丘觸目皆是。可是此際，那沙丘正在緩緩拱起。當神獸一口青氣噴上去之際，「嗤」地一聲響，自那沙丘中心射出一股勁疾如矢的黑煙，直射向青氣中心。

紫雲宮守宮神獸雖是異類，但也修煉多年。秦紫玲、齊靈雲入主紫雲宮之後，念牠守宮有功，也賜了不少靈藥仙丹。雖然元胎未成，不能變化人形，但也非尋常靈獸可比，這蓬青氣，正是牠的內丹。

# 第七回 癸水雷母 海眼黑泉

當沙丘之中射出黑氣之際，石生還只覺得有趣，以為沙丘之中，不知是什麼海中精怪，還打算著神獸將之消滅。誰料那股黑氣才一射出，直射進青氣之中，神獸發出一下洪厲之極的吼叫聲，青氣挨著，便自消滅。

石生陡地一驚，也不暇看神獸傷勢如何，一揚手，「太乙神雷」已然發出。百丈星光雷火過處，那向上拱起的沙丘陡地散裂開來，只見海水急旋之中，一條極其長大的人影突然起飛。

石生在急切間還未看清妖人是誰，妖人竟不畏神雷雷火，兩隻瘦骨嶙峋的大手飛舞，十指指尖之上，黑氣勁射，已向石生陡地抓了下來！

石生又是好氣，又是好笑，不等對方大手抓到，飛劍已然發出。他這裡飛劍甫出，又聽得身後一聲怪嘯，一股強風已然襲到，來得無聲無息。

石生心中一凜，項際所懸靈嶠三仙所贈金牌，已然湧起一蓬三角形金光，將全身護住。饒是發動如此之快，那股陰風還是有幾絲吹到了臂上，當時，便機伶伶打了一個寒戰。

石生心中吃驚，定神看去，只見身後妖人，全身雪白，身形極高大，綠髮紅睛，自股以下，只有一條獨腿，正是大雪山雪山老魅！

石生一認清身後來襲的妖人是雪山老魅時，心中更是一凜。素知雪山老魅早與「妖屍」谷辰做了一路，當年元江取寶，二人便曾聯手前來生事。

妖屍妖法更高，曾屢聽師長說起，他破了師祖長眉真人要來禁閉他的「火雲鏈」之後，再次出世，已近不死之身，除了前古至寶，廣成子留下的「歸化神音」之外，再無所懼。如果在此狹路相逢，那倒要小心才是！

石生心念電轉，還當身在金牌光芒護身之下可以無事，正待取法寶應付時，已聽到連聲怒吼，循聲一看，眼前妖人，瘦骨嶙峋，神態獰惡之極，正是聽說過的「妖屍」谷辰。

只是此際仕白骨之上，附著幾片新肉，看來更是觸目驚心，十分駭人。連聲怒吼之中，雙手手尖上的黑煞妖氣，如同十股噴泉一樣，發之不已，轉眼之間，便將金牌所發光芒一起包沒。

石生身在金光之中，向外看去，只見一片黑沉，雪山老魅和谷辰蹤影不見。正吃不準妖人準備施展什麼妖法之際，忽然覺出身子被一股大力擁著，急速向前馳去。

石生一面運用玄功相抗，一面「太乙神雷」發之不已，但是仍然身不由己，被推得向前急馳。不多一會，只覺得四外重壓如山，一任運用慧目，都看不透煞氣之外是什麼情景。

算計時間，少說已被帶進了千百里，才覺去勢略緩。接著突然靜止，只聽得一個刺耳之極的聲音，正是谷辰所發，道：「人已帶到，總算未曾食言！」

又聽得一個女子聲音說道：「誰知你們擒來的是什麼峨嵋門下不足道的小角色，那可不算！」

谷辰「桀桀」笑道：「你何不看清楚，這是峨嵋第二代弟子中佼佼人物石生！」

石生一聽，不禁又驚又怒，自己出道以來，幾曾受過這樣的侮辱？看來那出聲的女子，是雪山老魅和「妖屍」谷辰的同黨，聽口氣像是專找峨嵋弟子的晦氣！

石生一面氣往上衝，一面暗運玄功，準備定當，陡地一聲大喝，道：「叫你們知道峨嵋弟子的厲害！」語還未了，便自發動，身外金牌所發小形金光陡地加強，金光萬道向外迅速漲開，同時手揚處，一粒豆大紫光已電射而出。正是石生向幻波池同門要來，「聖姑」伽因所遺，昔年威震群邪，威力無匹的「乾天一元霹靂子」！

兩下一起發動，金光才一暴漲，外層黑煞妖雲已然如同開了鍋的滾水一樣，陡地向四下散去，耳聽谷辰、老魅齊聲怒喝：「小心！」緊接著，「乾天一元霹靂子」已然穿透金光妖雲，到了妖雲外層，只聽得一下震天巨響，夾雜著幾名女子的呼叫之聲，金光外的妖雲立時被炸開了一個大洞。

石生早已身劍合一，帶著金光，向破洞之中直穿了出去，銀雨金光映著四下奔散的黑煞妖雲，頓成奇觀。石生才一衝出，就看出身在一個極大的殿堂之中，那殿堂陳設極其華麗高大。一眼瞥去，看到谷辰、老魅妖雲護身，已退到一角。霹靂子一炸的餘威未絕，金光雷火仍在紛紛爆炸，有幾個宮裝女子倒於就地，顯然是被霹靂子炸死，另有一個高髻宮裝，一身白衣的中年婦女，則正自滿面怒容，遁身而起。

石生這時也不知對方是什麼來路，一不做二不休，第二枚「乾天一元霹靂子」，又扣在手中，正準備發出，也就在此際，眼前陡地一花，妖人殿堂盡皆不見，眼前只剩下一片白茫茫的一片。同時，一個極大的水泡，在一片白茫茫之中向前緩緩移來。

那水泡大有丈許，像是十分柔軟之物，在向前移來之際，動盪不定。石生只看出水泡之中，水氣氤氳，看不見底，心知是一件厲害法寶。仗著金牌護身，也不放在心上，手指一揮，「霹靂子」又已射出。

他這裡「霹靂子」才一出手，陡地聽得一聲深嘯，一個女子的急呼聲自上傳來，急叫道：「石師弟，此是『癸水雷母』，不可觸發！」

石生剛聽出發聲警告的是齊靈雲，「癸水雷母」也曾耳聞，那是前輩水仙水母的獨門法寶，尋常「癸水神雷」已是生生不已，極其厲害，每一枚「癸水神雷」，都能吸收海水精英，引為己用，變化無窮。「癸水雷母」乃是神雷之母，威力更大，心中自然一凜。正不明白水母前輩水仙如何會與妖邪勾結一起，心念電轉間，想要將「霹靂子」收回來，卻已在所不能。

原來那「乾天一元霹靂子」不同其他法寶，能夠收發由心，一經發出，電射向前，再想收回，除非趕向前去，再經施法。而此際那「癸水雷母」所化的大水泡，來勢也快，石生才一聽警告，抬頭看去，「霹靂子」已快打進「癸水雷母」之中。

就在此際，只聽得頭頂一陣雷震之聲，一道匹練也似的金光，自上而下疾穿下來。

看那股金光來勢，像是想隔在「霹靂子「和「癸水雷母」之間，不令「霹靂子」擊中雷母。但是金光才一射下，斜刺裡，只見一股極其勁疾的灰白色光芒向金光迎了上去，竟將金光阻了一阻。

就在這一剎那間，石生想要縱身向前，將「霹靂子」收回來，已自不及。只聽得「波」地一聲，「霹靂子」打進了「癸水雷母」之中。

那一下聲響並不很大，一經打入，只見大水泡之中，紫光閃了一閃，緊接著，便是一陣「嘶嘶」聲響。

石生正在想：「『乾天一元霹靂子』威力何等強大，每次出手都是驚天動地的大震，雷光金火，四下飛射，何以竟會只有紫光微閃？」

正在想著，又聽得齊靈雲的聲音，極其惶急叫道：「石師弟快向上闖！」

石生只來得及向上看了一眼，只見金光和那股灰白光芒仍在對峙，看樣子是金光強，灰光弱，金光正想趁勢而下來接應自己神氣。

石生就在這一望之間，還未及縱遁光飛起，耳際嘶聲大作，眼前景象忽然一變。那大水泡在嘶聲之中陡地散了開來，化為一蓬白茫茫的白霧，罩了上來。

石生發動也是極快，齊靈雲話才入耳，便自向上升起，但是白霧來勢更快，一下就罩了上來，那白霧絮絮團團，輕盈縹緲，但是一包圍上來，竟是重如山嶽。

石生只向上升了丈許，便自進退為難。白霧越來越濃，那麼強烈的金光也轉瞬不見。百忙之中，只略聽到幾句爭執之聲，其中一人像是大師姊齊靈雲，便自聲息不聞。而四外阻滯之力，越是強大。

石生心知齊靈雲是本門弟子之長，法力非同小可。以她之能，第二次出言警告之際，尚且語帶驚惶，自己處境一定極險。身在白霧之中，不知會有什麼後著。姑且強運玄功，仍向上飛去，仍打算照著齊靈雲所說，衝了出去，再打主意。

怎知他這裡才一運用玄功，金牌的山形金光，才一向上湧起，四外的白霧連閃幾閃，其色由白而青，陡然之間，一聲大震，在白霧之中，化生出億萬大小不同的水泡，一起向前擠來。

那些水泡看來晶瑩無比，宛若許多大小不同的冰珠，互相擠軋之間，發出極其銳厲的聲響，一挨近石生的護身金光，便自爆散。每一下爆散，聲音並不是太大，可是震撼之力卻大得出奇。石生身在金光之中，竟幾乎禁受不住。

石生這一驚實是非同小可，忙將法寶囊中所有法寶一起取出來，一時寶光閃耀，將他全身裹了一個風雨不透，強忍著四外傳來強烈無比的震撼，勉力支持。似這樣約有半個時辰，金牌光芒之外的水泡陡然靜止，向外看去，只見億萬晶瑩無比的水泡，擠在四外，一任運用慧目，俱看不透水泡之外情形，連用玄功想強掙出去，休想動得分毫。

石生心中又急又怒，正想破口大罵間，突然眼前又是一花，金光之外的億萬水泡，光芒變幻，疾閃了兩閃，便自消失，眼前變成一片黑暗。在黑暗之中，有一個極大的牽引之力，身不由己，連人帶寶光被牽得向前，急速飛了出去。轉眼之間，身外一輕，只見身又落在一個極其寬大的石室之中。

那石室廣可畝許，空空洞洞，除了五扇高達丈許，晶瑩透澈，厚可半尺，看來像是堅冰凝成的屏風之外，空無一物。

石生不知身在何處，剛想行法催動「兩界牌」，覓路遁出之際，忽見五扇冰屏正中的那一扇之上，淡淡地現出一個人影。

那人影十分高大，影影綽綽，可以看出是一個身形高大的宮裝婦人，只是看不清她臉面。

石生無緣無故，被「妖屍」谷辰和雪山老魅擒來，雖然曾聽齊靈雲警告，那叫自己「霹靂子」震散的大水泡叫「癸水雷母」，那應該是前輩水仙水母之寶。閒常也曾聽得師長同門說起過，水母修煉已有數千年，介乎正邪之間，輩分極高，不可輕惹。但是將他攝來此處的兩個，卻是著名的妖孽，石生如何忍得下這口氣來？一見屏風上有人影出現，手揚處，飛劍首先發出，一蓬銀雨的劍光疾射向前，準備先出一口氣再說。

石生此際所在處，離那冰屏不過十來丈，飛劍的去勢又疾！一發即至，只聽得一陣極其清脆的「叮咚」之聲過處，飛劍射在冰屏之上，竟全被冰屏吸住，點點銀光閃耀不已，可再也難以收回！

石生陡地一驚，耳聽得冰屏之中那宮裝婦人發出一聲冷笑，石生全身陡地一震，首先是靈嶠三仙所賜的那面金牌，陡地自動飛起，也是「叮」地一聲，投向冰屏，附在冰屏之上，恢復了原形，仍是三丈許的一面金牌。

緊接著，轉眼之間，所有要來防身的法寶，全都無緣無故自動飛起，投向冰屏。那些法寶一投向冰屏之後，就立時恢復原形，貼在冰屏上閃閃生光，一任自己如何運用玄功，全都絲毫不動！

石生這一驚實是非同小可，心知眼前強敵非比尋常，還想縱身向前，將附貼在冰屏之上的法寶收下來再設法逃走。

怎知才縱向前幾尺，前面一股極度的寒意，劈面擁了過來，那寒意之盛，石生也是法力高強的人，況且秉石而生，天生異秉竟也禁受不住，一連打了兩個寒戰，剎那之間，只覺得頭臉手足，竟在迅速麻木，大驚之下，連忙後退，幸好寒意未曾再向前擁來，才得緩一口氣。

就在此際，只聽冰屏之中，那宮裝婦人又發出了一聲冷笑，道：「可知天外有天，人外有人了麼？」

若是換了常人，在這樣法寶齊失的情形之下，縱不求饒告罪，也必心頭駭然了。但是石生卻是外和內剛，明知自己處境極其不妙，也了無所懼，一聲冷笑，道：「我不知你是什麼妖邪，既和谷辰、老魅勾結，自然不是好人，世上盡多妖孽，有什稀罕？」

冰屏中的那婦人身影，自從現出之後，一直凝立不動，這時聽了石生的話，像是怒極，身子略震動了一下，隨著她身子震動，五扇冰屏之中，一起起了一陣「叮咚、琤瑽」之聲，像是冰屏因為她這微微一掙，快要裂開來一樣。

那陣聲音，入耳並不甚響，可是一經入耳，卻是心靈大受震撼，就像心肝五臟也要隨著冰屏碎裂。石生此際已無法寶護身，只憑本身玄功，聲響傳來，身子竟禁不住連晃了三下，幾乎跌倒！

尚幸那婦人略震了一震，便未再動，冰屏上傳來的聲響也立時靜止。

石生才一定過神來，便又聽那婦人聲音道：「你師長既然能放你下山，難道沒有將各門各派，前輩仙長的來歷告訴你麼？」

石生剛才嘗過厲害，人本機伶，這時一聽對方這樣問自己，心中一動，立時昂然而立，朗聲道：「自然屢有告誡，各派仙長，皆所熟知！」

婦人聲音變得極其嚴厲，道：「你如何敢在我面前放肆？」

石生一聲冷笑，道：「剛才曾聽大師姊傳聲警告，說被我破去的那個大水泡是『癸水雷母』。想那『癸水神雷』乃是前輩水仙水母的獨門至寶，如何會在妖邪之手？將我攝來此處的，明明是『妖屍』谷辰、雪山老魅兩個著名凶孽。水母前輩仙人，怎會和這樣的妖邪做在一起，看來必是水母門下不肖弟子勾結妖邪無異，你是何人？水母得道數千年，向來在海底潛修，不問世事，如今群仙大劫將臨，你若是水母門下，再不幡然悔悟，勢必連累師長，那時就來不及了！」

石生這一番話，侃侃而談，開始時，冰屏之內，還不時傳來冷笑之聲，但說到後來，竟是寂靜無聲，像是在用心傾聽神氣。等石生說完，冰屏之中婦人身形忽然消失，又聽得一陣撞擊之聲，附在冰屏之上的法寶一起落了下來。

石生又驚又喜，伸手一招，所有法寶飛劍一起飛了回來，試一運用，略無損傷。

石生再抬頭看時，冰屏也已不見，前面現出一道圓門，圓門之內，是一條極長的甬道，看去望不到盡頭。

同時，聽得有好幾個人齊聲道：「石道友，你身在海眼深處，家師潛修千年的小宮之間，家師有事相詢，請向前去，自可見面！」

石生生性何等聰明，心中早知究理，但仍故作不知，裝成一副十分負氣的神情，道：「我被兩個妖邪帶來此間，令師是誰？」話還未了，立時有人答道：「石道友何必明知故問！就算真不知道，向前去自然明白！」

石生「哼」了一聲，縱起遁光，向前馳去，一閃便進入那甬道之中，只見那甬道極長，微微斜向下。甬道四壁上，全是一團緊推一團，略一注視便覺變幻無方的水團，四周圍靜得出奇，只聞自己的遁光刺空之聲。

遁光迅速，轉眼之間，已飛出了十來里，只見前面有一扇圓形黑門，漆也似黑，止在緩緩打開，隨著那扇圓形黑門打開，門內一股震耳欲聾的轟發之聲傳了出來，聽得人心神欲搖。石生忙鎮定心神，自那黑門之中穿了進去，向前一看，不禁駭然。

只見門內是一個又大又深的大井，直通向上，抬頭看去，只見青光微閃，竟看不出通向何處，向下看去，下面有一股黑色噴泉，粗可丈許，正在向上衝突，但是噴泉之上，有一片銀光罩住，令得噴泉不能向上噴起。

被那片銀光一阻，勢如萬馬奔騰的水勢，便變得向四下散開去，勢子更急，盤旋向上，形成那大井的井壁。那震耳欲聾的水聲，便是那股噴泉所發。

那噴泉自泉眼中射出時，色作純黑，被銀光一阻，在急速旋轉之中，射向四外之後，竟是一片純青，其色異於常水。而且水在四濺之中，即使是一滴水之微落下來，也像是重逾萬斤，難怪聲勢如此之威。

在那片大許方圓的銀光之上，懸空三尺，停著一隻蒲團，在蒲團上，一個老婦人盤腿而坐，周身也未見有什麼寶光護圍，但是凝神看去，卻又可以看到老婦四周，水氣氤氳，若有若無。那老婦面目甚是和善，白髮如銀，但是另有一股傲然之氣，不怒而威。

石生雖然膽大好事，但是一見這等情形，卻也不敢胡來，先躬身行禮，道：「前輩見召，不知有何指教？」

蒲團之上的那老婦人略一點頭，道：「你且上來！」

老婦人一開口，石生心中便自一凜，聽出正是在石室冰窖之中曾和自己對答的那人，當下一縱身，便待穿過水壁，向銀光之上縱去。

石生早已看出，這股噴泉所噴出來的水和常水不同，是以穿過水壁之際，已是身劍合一。卻不料才一穿進水簾之中，那水簾下沖之力，還是大得出奇，身不由己，向下一沉。

石生心中暗叫：「不好！」

正想設法上井間，一片銀光飛來已將他托住，銀光再一閃間，石生已到了噴泉上的那一片銀光之上，那老婦人目中精光湛然，望著石生，似笑非笑，道：「你這小娃為何對我前倨後恭？」

石生又恭身道：「適才在冰屏之中，未見前輩仙容，只當定是和妖邪一路，如今得睹真容，想前輩這等人物，豈會和妖屍、老魅為伍，其中必有內情，是以改容相向！」

老婦面有喜容，道：「你是齊漱溟的徒弟麼？」

石生一聽老婦提及師尊名諱，神態更是恭謹，恭恭敬敬答了一聲：「是！」

老婦人又嘆了一口氣，道：「我最後一次和長眉道友見面，其時長眉道友便預言峨嵋將興，光大仙門，非他門下莫屬，當時我還說了幾句譏諷的話，心中不服，如今看來，果然不虛！」

石生聽出對方的口氣極大，輩分之尊，至少也和師祖長眉真人同輩，心喜適才未曾亂來，忙道：「前輩名諱，可能賜告麼？」

老婦似有嗔意，道：「你這就是明知故問了！」說著，伸手向下面那股黑色噴泉一指，道：「這下面便是海眼，五湖四海，天下水源，皆自此來。你看到的一滴之水，一到地面，化生億萬，便是一個大湖。萬水歸源，盡集於此，已歷四千餘年，猶在大禹治水之前，你還要問我名諱麼？」

石生一聽，心中再無疑問，連忙跪倒，向老婦人行大禮，連拜了幾拜，才道：「弟子修道年淺，竟不知該如何稱呼才好！」

石生此言，倒也不是諛詞。他已知眼前老婦人，正是前輩水仙水母真身。石生曾聽李洪、笑和尚等人說起過，他們曾遇到水母門下第四弟子，「絳雲真人」陸巽，輩分已是極高，水母又是絳雲真人的師長輩，真有不知如何稱呼之苦了！

水母微微一笑道：「我並不是你的師長，稱我一聲前輩已足。」

石生站起身來，道：「前輩見召，必有原因，但弟子實在不明，何以水宮之中弟子，竟和谷辰這類妖孽有來往！」

水母聞言，並不立即回答，只是閉上雙眼，但立時又睜開眼來，神情苦澀，道：「定數難逃，竟非人力所能挽回！」

石生聽水母說得十分苦澀，一時之間也不知她此言何意，不敢出聲。

水母又長嘆一聲，道：「其中原因，我與你詳說，我在此已數千年，一則潛修，二則一直行法，在此鎮守海眼，唯恐海泉一發不可收拾，寰宇皆成澤國，生靈皆不能免。我們下弟子，有的反倒早我遭劫，或是兵解，或是仙去。歷年以來，我親授的弟子尚能知道約束行為，再傳弟子之中，便已良莠不齊。更有許多海精水怪投入門下，我又不能分身，自然難說得很了！」

石生道：「前輩神通廣大，元神化身應可瞬息萬里，門下若有敗類，早該清理了！」

石生這話，說得十分大膽，水母脾氣極其乖戾，況且如今還在此間的正邪各派人物之中，再也沒有人比她得道年數更高，連大荒二老、赤杖真人尚有不逮，若是換了平時，石生這兩句話，便能令她大怒，變生不測了！

但是近年來，水母用心推算四九重劫將臨，當年為了一句戲言，性子執拗，在此鎮守海眼，後來雖然明知上了人家的當，但對方也是一片好意。這些年來，若不是深藏在海眼之上，只怕早已遭劫，昔年古怪脾性早已消磨殆盡。

石生在冰屏之前那一番話，恰好直打入她心坎之中，而剛才這兩句話，言簡意賅，也直說到她心眼之中，是以非但不怒，反倒緩緩點頭，道：「你只知其一，不知其二，我豈止一個元神化身，但是海眼噴泉，近數百年來，力道日漸增強，若不是我全力以赴，便自一發不可收拾，造成巨劫了！」

石生情知此言不虛，心頭也不禁駭然。

水母又道：「近年來，我推算之下，大禹昔年治水之際，所用十七件寶物之首，『大禹神鼎』已該再次出世了，可是落在峨嵋弟子手中了？」

石生道：「『禹鼎』是在霞兒師姊手中。」

水母點了點頭，道：「不論我本身遭遇如何，我勢必不能再在此鎮守，非要借助『禹鼎』之力不可，是以才命門下弟子請一位峨嵋弟子前來。卻不知門下弟子如此胡為，反向我稟報來人強橫，妄發伽因的『乾天一元霹靂子』，震破『癸水雷母』。若不是我親自將『癸水雷母』收去，立成巨禍。當時我也心中有氣，將你引至玄冰屏之前，這才看清你雖然膽大，卻不類妄為之人！」

石生心中暗忖，若不是念在你是前輩仙人，這話便自不通，你門下行事如此霸道，兼且勾結妖邪，如何還能怪我妄為？石生心中如此想，口中卻並不出言頂撞。

水母又道：「我託你兩件事，其一，你在一年之內，將『禹鼎』找來給我。第二，我門下良莠不齊，而我又無暇清理門戶。我知長眉道友已然仙去，你回去稟明師長，說是我請他代我清理門戶！」

石生一聽，心中不禁大是為難。水母所說那兩件事，第一件還易辦。雖然那「禹鼎」前古奇珍，非同小可。但用來鎮壓海眼，免得生靈遭難，卻是一場極大的功德，一說便可成功。

那第二件卻是十分為難。水仙門下，即便是再傳弟子，道法也極可觀。獨門「癸水神雷」更是厲害，這件事，不知要生出多少是非來，不過幸好水母有稟明師長之語，就算答應下來，也自有師長作主，是以略想了一想，便道：「謹遵前輩吩咐！」

水母面有嘉喜之色，道：「去吧！」她這裡話才出口，陡地雙眉一豎，厲聲喝道：「大膽！」

石生還不知道發生什麼事間，只見水母伸手一指，井壁四下飛濺的水珠之中，立有幾滴向前彈去，轟然爆散，水光四散之中，只聽得一聲慘叫，已有兩個宮裝女子現身出來，跌進水中，略一掙扎，便自不見。另一個宮裝女子身形快絕無倫，向外急馳而去，一閃不見。

幾乎是水母手指向前一指的同時，銀光之下，那股黑色噴泉突然轟發之聲大作，向上頂了一頂。石生所站的那片銀光，竟壓它不住，也向上彈了一彈。

那一彈之力大得出奇，石生幾乎站立不穩！水母的神情也陡地十分緊張，連伸手向下按了三下，銀光大盛，才又將黑色噴泉壓到原來高度。

石生心頭駭然，向水母望去。

水母苦笑道：「你也看到了，海眼噴泉，威力越來越大，我只是略為分神，便自難以鎮壓。難怪宮中門人視我為無物，竟敢公然前來窺伺。剛才我與你這一番對話，想來已被他們聽去，變生肘側，危機四伏。我只能自保，你一切行事，皆要小心才是！」說著，又將手指了指，石生只覺一股寒意襲來，眼前一花，適才所見五幅冰屏，已在水母身邊出現，將水母圍在中間。

石生剛想問自己如何離去之際，水母將手一指，石生只覺得一片銀光擁來，身不由己，向外疾飛而出，穿過甬道，身外只是銀光閃閃。

在向外急飛之間，四下又有不少呼叱雷聲傳來，像是有人阻路。但是去勢實在太強，連對方是什麼人都未看清，便自一閃而過。轉眼之間，一下水響，已自穿波而躍起，到了海面之上。

石生一出了海面，包在他身外的那片銀光一閃收起，變成一片極薄的銀色圖片，落在他的手上。石生看去，那圖片彷彿是一片極薄的冰片，托在手裡，像是隨時會溶化神氣。

# 第八回 謀奪元胎 大抓魂手

石生仔細一看，卻是深不可測，內中還可見水氣隱隱流動，又像一片深不可測的海面一樣，心知是一件水宮奇珍，忙先收了起來，再抬頭看去，只見前面不遠處，齊靈雲、秦紫玲兩人，正和數十個奇形怪狀的人鬥在一起。那些人看來多半是海中精怪。

另有四個宮裝女子，各自在一片水雲之上，手指一股銀光，如長虹經天，勢了看來極其威猛，被靈雲發出一道金光，齊齊敵住，雙方鬥得正惡。

石生才望過去，已見靈雲向之招手，石生忙飛過去，還未飛近，便有四個魚頭人身，口中噴出大量濃煙的海怪迎上來。石生暗罵不知死活的東西，也敢前來招惹，揚手「太乙神雷」連珠發出，百十丈金光雷火過處，四個海怪立時震散，石生也趕到近前。

靈雲先道：「石師弟，你在水宮遭遇，適才師長飛劍傳書，已然盡皆言明，這裡事交給我，同門之中，有多人在西崑崙星宿海魔宮有難，你想去湊熱鬧，只管前去。」

石生四下一看，見海水之下，又有幾個男女水宮門人穿波而上，不禁怒道：「我曾拜見水母，難道水宮門人盡皆背叛了麼？」

靈雲道：「看來正是如此，水母為了鎮壓海眼，自顧不暇，門下本就良莠不齊，明知水母只能自保，受了妖邪引誘，還不叛反麼？」

石生憤然道：「谷辰和雪山老魅何在？」

靈雲搖頭道：「一直未見現身。」

石生心知此間有靈雲、紫玲二人在，足可無慮，又記掛金蟬安危，道聲：「再見！」身劍合一，化為一蓬銀雨，直入青冥，轉眼不見。

原來水母坐關已久，早幾百年，元神還可出遊，門下弟子也不敢胡作非為。近年來，海眼噴泉威力日漸加強，以水母之能，也非全力以赴不可。門人之中，本就有桀驁不馴之徒，漸漸看出這一點，便自胡作非為起來。

起先還不敢明目張膽，到後來，越來越是大膽。其間許飛娘又曾來過幾次，講起峨嵋勢盛，編了許多言語，幾個門人更是躍躍欲試。這一日水母算出自己重劫將臨，一過此劫，不是道成仙去，便是遭劫兵解，海眼噴泉非借助「禹鼎」之力不可，是以命門下弟子去請一名峨嵋弟子議事。

偏偏其時，谷辰和老魅正在海面，與外出的水宮弟子相遇，自告奮勇，去帶峨嵋弟子前來。這幾個奉命去請峨嵋弟子的水宮門人，因水母傳令之際，語氣甚是客氣，自大已慣，心生不忿，正好借此一挫峨嵋銳氣，和這兩個妖邪竟是一拍即合。況且紫雲宮自靈雲、紫玲入住之後，水宮門人心中也十分不忿，是以便生出事來。

及至石生奉召，入覲水母，幾個早和妖邪有勾結的門人前去偷聽，雖被水母震死兩人，餘人逃走，但俱看出水母自顧不暇，萬難再來約束自己，出來一說，水宮門人立時分成兩派，先起了一場內鬨。

水宮內鬨的結果，竟是力主鄭重行事，只在海底靜修的一邊落了下風，全被心懷叵測的一派殺死。得勢的一派，已經廣請平時有來往的妖人來水宮相聚，準備索性大鬧一場，自立為水宮之主。這其間，「妖屍」谷辰和雪山老魅推波助瀾，自然大喜欲狂。

這一點，卻連靈雲、紫玲二人也不知道。是以雙方在鬥法之際，也未全力以赴，手下留情。

卻說石生在和靈雲、紫玲分手之後，直向西崑崙飛去，在飛過大戈壁上空之際，一眼瞥見下面沙漠之中，突然有一個沙丘拱起，一下巨響。

沙丘震破，現出一個身高不滿三尺，全身碧光籠罩，頭大如斗的怪人來。石生本來不欲多事，但是一看到那人，心中陡地一動，立時想起這人像是和傳說中的綠袍老祖相似，是以將遁光停了一停。

他這裡在空中略停，下面那人正是綠袍老祖，也自抬起頭來，兩人打了一個照面，相隔雖遠，也自看得分明。石生當年曾隨笑和尚、金蟬等在百蠻山陰風洞對付綠袍老祖，這時一看老妖仍是昔年這副窮凶極惡的模樣，又驚又恐，隨著心念轉動，護身金牌，金光已電射而出！但綠袍老祖一見石生，認出昔年前來生事的正有其人在內，更是勾動舊恨，也立時發動！

兩人的動作均快疾無比，石生的金牌才一發出，綠袍老祖「桀桀」一聲怪嘯，「玄牝珠」幻化大手，也自向上疾抓了起來。

這些年來，綠袍老妖在地底潛修，魔法更高，碧光熒熒的大手倏地向上升起，剎那之間，映得天地俱碧。石生只覺得對方的大手升起，才向空虛抓了抓，便有一股極大的吸力，令得他身子陡地向下沉去。

石生這一驚，實是非同小可，連忙想行法抵禦時，猛又聽得頭頂之上，響起了一下極其難聽的叫聲，百忙之中抬頭向上一看，只見頭頂上一條其大無比，似蠍非蠍的怪物，足爪齊划，全身有一股彩色煙霧籠罩，正自張口舞爪，自空猛撲下來，形態之猛惡，前所未見！

石生不知那是「萬妙仙姑」許飛娘元神與之相合的天蠍元胎，還只當是綠袍老祖所蓄養的什麼怪獸，心中暗罵畜牲也敢前來欺人，手揚處「太乙神雷」百丈雷火金光，已然發出。卻不知天蠍周圍所繞的彩霧，乃是天地間第一毒物所噴之妖氣，毒性之烈，猶在苗疆的「五毒桃花瘴」之上！便是大羅金仙也禁受不住。

本來，石生身在金牌所發萬道金光護身之下，萬邪不侵，毒霧雖烈，暫時也未奈他何。但石生一心急想將怪物消滅，「太乙神雷」穿透金光而出，護身金光現出了一絲隙縫，毒霧立時趁隙而入。石生根本還未看清毒霧侵入，鼻端已聞到了一股異樣的奇腥。剎那之間，只覺得頭昏目眩，心神旌搖，不能自制！

石生心知自己此際處境凶險之極，本來和綠袍老祖「玄牝珠」所化的大手全力支持，下落之勢已止。此際一中了暗算，身如流星飛瀉，連人帶寶光一起向下沉去。只聽得耳際「轟」地一聲響，金光之外，已全被碧光所包圍，重如山丘，心頭煩厭，再加上四外的壓力，幾乎連氣也喘不過來。

石生的護身金牌是靈嶠三仙所賜，何等神妙，天蠍毒霧雖然侵入，也被立時消滅，但石生還是吸入少許。若不是石生異於常人，這時早已昏倒，任憑敵人宰割，如何還能支持？饒是這樣，石生也覺得難以再支持下去，百忙之中，強運玄功，將自己的飛劍，首先放出，心想自己飛劍形如一蓬銀雨，最是奇特，若是失了主宰，不論飛往何處，同門一見，便可知道自己已出了事。

石生才一將飛劍放出，幻成一蓬銀雨，向上飛起，綠袍老祖見自己一出手，和許飛娘合力，已將敵人制住，心中大喜，看到石生飛劍飛起，順手一抓，又將石生飛劍抓在手中。

其時，石生已被綠袍老祖「玄牝珠」幻化的大手拉到沙漠之下，他的飛劍也只不過向上略冒了一冒，立時又被綠袍老祖抓走。可是就在石生飛劍向上一冒之際，李洪恰好飛過看見，立時向下落來。

當李洪初落之際，若是立即肯定石生在沙下出了事，就以「金蓮寶座」、「香雲寶蓋」傾力向下追趕，仗著兩件西方佛門至寶的威力，也必然可以將才沉入沙中的綠袍老祖攻個措手不及。只惜李洪未見及此，反被許飛娘在半空之中，看出李洪身懷至寶，立時現身相見。李洪受了許飛娘欺騙，若不是阮徵在緊要關頭，人還未到，便自在半空之中傳聲大喝，連李洪也要遭逢劫難！

許飛娘當時一見阮徵帶著威力無比的「五色星沙」趕到，知道暫時難以討好，立時也隱入沙中，和綠袍老祖會合。綠袍老祖雖已以「玄牝珠」將石生困住，施展魔法，碧光之中，出現億萬碧光閃閃的利針向前攻去，一挨近石生的護身金光立時爆炸，炸聲並不大，可是每一炸開，便又化為一層碧光，帶著其重無比的壓力，向石生的護身金光壓將上去。

石生的護身金光，已被壓至只有丈許方圓一個光籠。可是一到這地步，儘管碧光之中，億萬魔針仍在炸之不已，然而金光卻不再縮小。

綠袍老祖占了上風，正待再使魔法，將石生元神拘來再說之際，許飛娘已然趕到，和綠袍老祖一商議，綠袍老祖念動魔咒，雙眼之中碧光大盛，射出兩股碧光，令得身外的黃沙旋轉如飛，碧光到處，沙漠之上，李洪、阮徵和千神蛛夫婦的言動，便如在眼前。

綠袍老祖施法之際，剛好看到朱靈以萬載寒蚿的原形，在為李洪驅毒，綠袍老祖一見之下，不禁大喜，道：「你看到沒有，這是天外神山小光明境的萬載寒蚿，至陰至寒，和你所得的天蜙恰好生性相反。若是你能得到，陰陽相合，天地交泰，立成不死之身了！」

許飛娘的見識不在綠袍老祖之下，一看到萬載寒蚿，已自心頭砰砰亂跳。心知要令寒蚿和天蜙元胎相合，這是萬載難遇之事，因自己已經得了天蜙元胎，寒蚿又在眼前，若真能得到，立成不死之身，自此之後，天下任我荼毒，何愁大仇不報！

許飛娘一想及此，心知要對付上面四人，自己獨力難支，還是要老妖幫忙，反正若是事成，連老妖也不是自己敵手，此際何妨低聲下氣，求他一求？她心思何等靈敏，一想及此，忙道：「那要看你是不是願我有此成就了！」一面說，一面將身子便向綠袍老祖挨過去。

綠袍老祖「桀桀」一笑，伸手將許飛娘摟住，道：「親親，若是你成了不死之身，你向我本命神魔所發毒誓便自失效，連我也將你無可奈何了！」

許飛娘心中暗罵，但是她極工心計，面上卻不動聲色，伸手在綠袍老祖面上一點，裝出一副嬌聲嗲氣的模樣，將身子連扭了幾扭，道：「我已經是你的人了，我法力高就是你法力高，我成不死之身，於你也有好處，你卻還信不過我！」

綠袍老祖又是呵呵一笑，還想說話，尚未開口，李洪已帶著西方至寶「金蓮寶座」，向下疾衝了下來。綠袍老祖一看來勢如此之猛，心中也不禁吃了一驚，當下一聲冷笑，帶著許飛娘和石生，直向地底之下沉去。

李洪等四人向地下直衝下來之際，本來自地面起到地肺包藏著前古「太陰真火」的氣包，共有八萬六千九百三十丈，四人雖追敵心急，也不至於誤衝進氣包之中，被「太陰真火」所困。但綠袍老祖在臨走之際，又施展其魔法，將地面至地肺之間的途程縮短了一半。

綠袍老祖魔法厲害，以致連阮徵、干神蛛這樣見多識廣的人，也中了暗算，直到衝進了地胏「太陰真火」之中，方始驚覺。

當阮徵等四人被困在「太陰真火」中之際，綠袍老祖和許飛娘正躲在氣包之間的隙縫之中。其時石生已自昏迷不醒。可是金牌雖然失了主宰，金光卻越見精純，在「玄牝珠」強大的壓力之下，再不縮小。

綠袍老祖在氣包之外，察看被困在「太陰真火」之中四人的情形，看到李洪所使的前古奇珍「斷玉鉤」，竟然也在「太陰真火」之中，化為萬點金星燒熔，心頭也不禁駭然。

許飛娘心切自身成敗，半嬌半嗔道：「你在地胏之中潛伏多年，想來必有克制『太陰真火』之法。如今敵人被困，你再不趁機下手，更待何時？」

綠袍老祖卻不出聲，一雙魔眼只是注定「太陰真火」中的四人，許飛娘連催了幾次，老妖皆不出聲，許飛娘倒也不敢硬逼。

此際，綠袍老祖自在心中盤算。他在地胏之中潛伏多年，自然深知「太陰真火」的厲害。但自度如果拚出葬送一個元神化身，將「玄牝珠」斷送在「太陰真火」之中，再將自己多年來在地底潛伏，每當地軸震動，地肺氣包發生擠蕩之際所洩出的「太陰真火」，以魔法收集起來煉成的一件至寶為輔，以火制火，驟然向「太陰真火」包圍之中四人發難，倏去倏回，多半可以成功。

但是此舉若是成功，許飛娘得了寒蚿元胎，立成不死之身，自己卻連第二元神「玄牝珠」也自斷送，雙方法力相去更是懸殊，如何還能制得住對方？那「玄牝珠」又是多少年來相隨的魔教至寶。

當年辛辰子謀反，落在叛徒手中，辛辰子不知用了多少酷刑，目的就是想得到這顆「玄牝珠」，自己拚受折磨，也未曾交出。當時若不是巧逢「西方野佛」雅各達相救，早已形神皆滅了，為了妖婦作此重大犧牲，是否值得？

綠袍老祖心中正在盤算，許飛娘在一旁又連連催促。老妖生性最是多疑，面色已漸不善，正要發作，忽見「太陰真火」之中竟多了一人，正在一股梭形金光的引導之下，緩緩向前飛來，看出來人身外所發，乃是「太陽真火」，不禁又驚又怒，喝道：「你沒看到敵人已來援兵麼？此際動手，何異送死！」

許飛娘心中暗罵，剛才若不是你猶豫不決，此刻只怕早已成功！但是面上卻不動聲色，反倒嫣然笑道：「敵人既來援兵，那就暫不動手好了，何必動怒？」

綠袍老祖一時之間，倒也猜不透許飛娘心意，悶哼一聲，不再言語。看著來人和被困四人接近，認出來人像是昔年被困在月兒島火海之中的火精火先害，正想設法加害間，火旡害已帶著四人衝出氣包，緊接著，極樂真人也自現身，綠袍老祖心中雖然恨極，也不敢妄動。等到極樂真人和火旡害相繼向上升去，綠袍老祖才一咬牙，發出一下怪嘯聲，向前趕去。

綠袍老祖一向前趕去，許飛娘連忙跟在後面，被「玄牝珠」所化碧光包圍的石生，也隨著向前疾馳而出。綠袍老祖手指處，一股黑氣，勁疾如矢，在前開路，去勢並不比在前急駛的阮徵等四人為緩。而阮徵等四人才一脫困，便自向前急駛，急欲脫離險境，也想不到綠袍老妖會在身後面追來。

綠袍老祖一面追，一面不斷施展魔法，縮地成寸，引得在前飛馳的阮徵等四人迷失方向，不知自己駛往何處，四人卻未覺察。

等到阮徵等四人覺出自己已在地底駛出老遠，應該早已脫了險境時，各自將去勢減緩，略一商議，便改而向上，破土而出。自地底之下才一衝出，便看到身在一個極大的山谷中。

那山谷一邊，巨瀑飛垂，玉龍倒懸，「轟轟」發出的水聲，震耳欲聾、可是說也奇怪，那樣勢如萬馬奔騰的瀑布，儘管在懸崖之上，水珠飛墮，如降驟雨，但是一到了下面，卻束成一股極大的水柱，看來晶瑩透澈，宛若一根巨大無比，粗可畝許的水晶柱一樣，直注入一個深潭之中。

那深潭的潭水，漆也似黑，看去不知有多深，潭面不過十畝，水平如鏡，那樣勢子洪烈的飛瀑注進潭中，潭面之上，卻是水波不興！

四人一看這等情形，便知一定有極大神通之人在此主持。這山谷十分隱秘，四面全是屏風也似，插天高峰，有幾座最大的山峰，還向山谷傾斜，若不是身在谷底，只從上面飛過，不是留心，絕不能發現下面有這樣偌大山谷在！而且，李洪運用慧目向上看去，山谷上空看來雖是藍天白雲，並無異狀，但是隱隱有一層薄霧籠罩，看來邪氣重重，分明有極其厲害的魔法禁制！

李洪一見到這等情形，就待向上衝去，阮徵畢竟比較慎重，向李洪作一手勢，道：「我們不知對方底細，先看定了再說！」

李洪剛才在地胁「太陰真火」之中，斷送了前古至寶「斷玉鉤」，有了教訓，行事也自慎重許多。剛一點頭，便突然聽得不遠處有怪聲傳來，一個憤然道：「我認得這小狗，當日四師哥遇害，便有他在！」

另一個聲音道：「這干小狗男女既已入網，還怕他們逃走麼？」語聲一入耳，李洪首先大怒，聽出聲音自附近不遠處一塊大石上發出，當下便一聲大喝，手揚處，一道紅光向大石疾射而出。

李洪心中憤怒，順手在法寶囊中取了法寶發出，那件法寶乃是純陽至寶，喚作「雷杵」，原是他前幾生好友燃燈道人所贈。

一溜紅光帶著雷動之聲，才一向前射出，便聽得先前講話的兩人齊聲大笑，道：「小狗，你上當了！」話還未了，雷杵已打中大石，一下巨震過處，碎石亂飛，地上也被打出了一個大洞。

只聽得對方怪笑之聲漸漸遠去，那塊大石被李洪所發法寶打碎之後，碎石滿天飛舞，卻無異狀，連李洪也未曾在意，但卻就在笑聲迅速遠去，四人正將循聲追去之際，滿天飛舞的大小石塊，陡地每一塊之上，都發出淒厲無比的尖嘯聲，同時，萬千股黑煙自石塊上電射而出！

這一下變化，來得突兀已極，厲嘯聲和黑煙一起射出，李洪應變最快，「金蓮寶座」首先暴漲，金光萬道，向外暴射而出。

本來，「金蓮寶座」是西方佛門至寶，威力何等強大，每一次出手，金光霞氣便將行法人全身護住，萬邪不侵。可是這次，「金蓮寶座」才一發動，那千萬股勁射而下的黑煙迅疾無比向下包來，竟將「金蓮寶座」整個包沒。

緊接著，黑氣向上飛升，其疾逾電，直向谷頂之上飛去！

「金蓮寶座」和李洪已是心靈相合之寶，陡地不由自主向上飛去，李洪心靈便大受震動，跟著要向上飛去。也就在此際，大小漫天飛舞的石塊陡地一起爆烈，山谷鳴響，地動山搖，威力之強大，亙古無匹！

李洪才遁身直上十餘丈，滿空石塊便自爆炸，李洪雖然身在另一佛門至寶「香雲寶蓋」護身之下，但是仍不免被震得東搖西蕩。耳際聽得阮徵和干神蛛夫婦，齊聲驚呼之聲，百忙中回頭一看，阮徵「五色星沙」已然出手，急速旋轉，將三人護住。

也就在此際，滿天爆烈的石塊，已化為一團團大小不同的烈火，為數何止千萬，每一團烈火相碰，便自發出驚天動地的爆炸之聲，又散為數十百團，如此生生不已，轉眼之間，「香雲寶蓋」之外，已是滿布烈火。抬頭向上看去，山谷上空，看來依然藍天白雲，那萬千股黑氣和「金蓮寶座」，竟然已不知去向！

李洪心中吃驚，忙叫道：「阮師哥，妖法厲害，我們先會合一起如何？」

只聽得阮徵叫道：「小師弟——」

語還未了，陡又聽得烈火之中，一陣厲嘯聲過處，一幢奇亮若電，色作暗藍的光幢倏然而來，在「香雲寶蓋」寶光之外掠過，向前馳去。所過之處，烈焰分合之間，看到那幢亮藍色光幢，直衝向阮徵等三人，阮徵手指「五色星沙」，正待向前抵禦。李洪一時之間，也未看出那幢亮藍色光幢是什麼法寶，只當「五色星沙」威力強大，縱使不能將之破去，也必可抵擋一時。

只見「五色星沙」直射向前，一射便射進那幢亮藍色的光芒之內。「五色星沙」一射進去，那幢光芒其色更亮，看來也更薄。只見星沙在內急速旋轉，排蕩不已，但就是未能衝破藍色包圍。

李洪看出情形不妙，還未及出聲間，就已聽得阮徵一聲急呼，再定睛一看，更是大驚！「五色星沙」一發，本是如天河浩蕩，一發不可收拾，勢子極其威猛。但此際，卻正在急速向那幢藍光中投去，轉眼之間，已只剩下了一點光尾，一閃不見。

看阮徵時，一臉情急惶怒之狀，正自身劍合一，待向前疾衝過去，一旁干神蛛也是惶急無比，正放起一片灰白色光芒，想將阮徵阻住，但是阮徵去勢極猛，看來干神蛛有點力不從心，正在運聲急呼道：「李道友快來！」

李洪看出阮徵的「五色星沙」，竟被那幢亮藍色的光芒收去，心中又驚又怒，正準備連人帶劍向前去拚命！那亮藍妖光既能將

「五色星沙」破去，厲害可知，阮徵若是向前衝去，必無倖理，干神蛛出手阻止，必是為此！一時之間，不及飛身前去阻止，揚手一片佛光飛向前去，在阮徵身前，阻了一阻。

阮徵去勢被李洪所發佛光一阻，緩了下來。那幢亮藍色妖光，裹著「五色星沙」，已自疾退了回來。看來只是極薄的一片藍光，但偏能將威力強大，兀自在急速旋轉，互相排擠之間發出刺耳之極聲響的「五色星沙」，緊包在內。當藍光飛回之際，李洪一聲大喝，一溜紅光帶著霹靂之聲，「雷杵」已向藍光射去。

李洪才一出手，便聽干神蛛夫婦齊聲驚呼道：「李道友不可！」但李洪出手極快，兩人語還未了，「雷杵」已經打了上去。只見藍光被「雷杵」打中之處，陡地下陷，竟未激起什麼光芒，就像是那幢藍光毫無抵禦之力一樣。隨著藍光一閃，「雷杵」打了進去，打進了「五色星沙」之內。

「五色星沙」的排蕩更甚，圍著「雷杵」，急速旋轉磨擠。李洪覺出不妙，想將「雷杵」收回時，已自不能。只聽得一下輕微的爆音過處，「雷杵」紅光連閃幾閃，便被藍光之內的「五色星沙」

消滅。而那幢藍光帶著「五色星沙」疾駛向前，轉眼不見。滿空烈火又自疾湧而到！

李洪再也料不到那一層薄薄的藍光，竟有這樣厲害，眼看又葬送了一件法寶，正待再另施法寶間，干神蛛夫婦和阮徵也一起趕到，四人會合。

阮徵雖然竭力鎮定，但失了「五色星沙」，也是沮喪不已。

四人在「香雲寶蓋」護身之下，四下火焰雖然越來越濃，壓力也越來越大，暫時還可無礙。略一商議，竟連對方是什麼妖人都未曾弄清楚，便自吃了這樣大虧，俱是又驚又怒。想那「金蓮寶座」和「五色星沙」俱是前古奇珍，都會一照面便被敵人收去，妖人厲害可想而知。李洪連運玄功，想將「金蓮寶座」收來，皆在所不能。四人商議該如何脫身，尚未有頭緒間，只聽得一下怪笑聲震耳欲聾，令人心悸，陡地傳來。

隨著那一下怪笑聲，四外烈火陡然消失。但是烈火雖消，四外壓力只有更重，外面一片混茫，全然看不出身在何處。心知一定是敵人用了挪移法將自己等四人移走。苦於敵人並不露面。李洪急得小臉通紅，連連施法，將「香雲寶蓋」向外暴漲，想要奪圍而出，然而每一次施法，外面的壓力便自增加，空自驚怒，無法可施。

就在此際，只聽得有人笑道：「看這干小狗男女，仗著法寶神妙，橫行無忌，如今黔驢技窮，真是可笑！」

另一個聽來極其洪亮的聲音道：「哪一位道友，去將那佛門『香雲寶蓋』也抓了來，看小狗男女還有什麼辦法！」隨著這洪亮的語聲，又有幾個附和之聲傳來。

李洪聽得這些對話，心中怒極，早已準備停當，跟阮徵等三人略作手勢，阮徵等三人也自會意，各自放起法寶護身。李洪放起一片佛光，緊貼著身子，佛光輝映之下，只見他滿面怒容，陡然之間一聲大喝，本來護住四人的「香雲寶蓋」，陡地寶光萬道，離開四人，向上直衝了上去！

這一衝的威力，實是非同小可，將四外白茫茫的妖霧，衝得如滾水開鍋也似，一起向外飛旋而出。

李洪一面大喝道：「叫你們知道小爺的厲害！」語還未了，法寶囊中十餘件法寶齊力施為，連人一起向前衝出去。

法寶之中，一道赤紅如火，長只尺許的釘形奇光，飛在最前面。陡然之間，也未見與什麼東西相觸，釘形奇光化為震天價霹靂爆炸開來，轟隆之聲，山搖地撼。釘形奇光化為千百火星，仍在向前迸射。火光散裂之處，妖霧立時消散，李洪也看清自己四人存身之處，是在一個極大的山洞之內。

那山洞少說也有數十畝方圓，洞頂全是晶光輝耀的各色鐘乳，這時正被震得搖搖欲墜，但是迅即平穩下來。前面有一個廣可畝許的石臺。那石臺石質深棕，中有億萬星點，若隱若現。石臺之上，或坐或立，有十餘個妖人之多，一時之間，也看不清面目。

李洪見自己「丙火天靈釘」一發，便奏奇功，心中大喜，伸手向上一指，才一發動之際便直向上飛去的「香雲寶蓋」，疾向石臺壓下。同時又指揮著十餘件寶物，一起夾攻上去，滿擬出手又快，法寶又多，照一出手便能蕩散妖霧的情形來看，好歹也殺他一個手忙腳亂，能趁勢將妖人除去幾個更好！

「香雲寶蓋」下壓和李洪連人帶寶向前衝去之勢，都快絕無比，眼看「香雲寶蓋」彩霞千里，先要向石臺上壓到，陡地看到石臺之中，一個滿頭紅髮，貌相怪異，打扮非僧非道的苗人，揚手一片血光向上飛起。那片血光看來並不強烈，但李洪身在佛光環護之下，兀自鼻端聞到一股極其強烈的血腥味。

血光升起之後，化為一朵畝許方圓的血雲，竟將「香雲寶蓋」下壓之勢阻住。李洪去勢快疾，急切之中，認出那紅髮妖苗，分明是苗疆紅髮老祖。自從苗疆鬥法，已被枯竹老仙收服，如何又會在此處興風作浪？心中略一疑惑間，人已衝到。仍是「丙火天靈釘」在前，釘形紫光眼看已射進妖人叢中，只見坐在正中一個高冠古服，身形極其魁梧，貌相奇古的妖人咧嘴一笑，伸手一招，「丙火天靈釘」竟自向他手中飛去。

那妖人蒲扇也似的大手一伸一抓，便將「丙火天靈釘」抓住，接著略一搓揉，「天靈釘」便被搓回原形，乃是一根三寸長短，色作奇紅的小釘！

這一切，全是剎那間事，李洪見對方竟然法力如此高強，心頭一震，總算應變得快，立時身子向後倒縱而出，但是還有十幾件法寶，仍一起向前衝去。只見其餘妖人並不出手，仍然只是那高冠古服的妖人，雙手隨伸隨抓，將十幾件法齊一起抓下，略一搓揉，便成原形，棄於石臺之上！

李洪向後一退，阮徵等三人迎來，四人又會合一起，李洪心知不妙，忙以佛光將四人一起護住。只見那高冠古服的妖人，又凌空向李洪等四人抓了三下。此際雙方相隔約有十丈，李洪等四人又有佛光護身。可是對方凌空抓了三下，李洪等四人只覺得神魂欲飛，元神似要離體而起，幾乎克制不住！連忙鎮定心神，才覺略為好過一些。

只聽得那高冠古服的妖人「呵呵」一笑，道：「小狗男女倒也有點門道，居然能逃得過我這『阿修羅大抓魂法』！你們聽著，我這『大抓魂法』向來不輕易使用，就算使用，也照例只抓三下。三下之後，你們元神既未被抓走，便算是你們命不該絕。下次再遇我手，未必有這樣好運氣，還不快滾！」

那妖人喝到最後一個「滾」字，更是聲如暴雷，阮徵等四人，心頭又是一震。

李洪又驚又怒，雖覺出阮徵在身後不斷拉他衣袖，也自氣往上衝，厲聲喝道：「何方妖人，看你能奈小爺何！」

那妖人一聽，兩道濃眉向上一豎，正待發作，陡地聽得地下傳來一下極其淒厲的厲嘯聲。那嘯聲之來，當真是疾逾奔馬，才一入耳，便已到了腳下。陡然之間，山洞撼搖，石臺之前的地上，已陷下了一個大洞，碧光亂冒之中，一個頭如栲栳，髮如亂草，凶睛綠光迸射，身高不滿三尺的妖人，已自洞中飛舞而上。兩條又瘦又長的手臂，帶着綠光迸射，鳥爪也似的手指，直向臺上紅髮老祖撲去，口中厲嘯聲不絕，聲勢駭人之極。

那厲嘯聲才一入耳之際，李洪等四人已聽出那正是綠袍老祖所發。及至綠袍老祖現身，疾向臺上紅髮老祖撲去，四人也並不出於意外。

當年百蠻山綠袍老祖和三仙二老鬥法，藏靈子、紅髮老祖皆曾參與其事。當時紅髮老祖趕來，曾用「化血神刀」重創綠袍老祖，此時綠袍老祖前來尋仇，自是意中。

當下只見綠袍老祖去勢如電，眼看快要撲中，紅髮老祖身上倏地湧起一片血光，將綠袍老祖擋住。綠袍老祖十指之上，碧光亂爆，仍在向前猛衝，但是卻衝不過去。

就在綠袍老祖向前衝去之際，地洞之中青光一閃，許飛娘也已飛身而上，一現身便叫道：「你就是這般心急，也不看清楚那究竟是誰！」

綠袍老祖怒吼道：「這紅髮老苗，我恨不得生嚼其肉，難道還不認得他？」語還未了，一團碧光突自他腦後飛起，幻成一隻大手，又向紅髮老祖疾抓下去。

# 第九回 強援陡至 三次鬥劍

正中而坐的那高冠古服妖人雙眉一揚，道：「綠袍道友別誤會，這是血神道友！」

綠袍老祖出手快，收勢也快，那妖人話才出口，碧光血光同時一閃不見。只見綠袍老祖和紅髮老祖相對而立。紅髮老祖嘻著一張闊口，道：「老祖別來無恙？」

綠袍老祖那麼凶橫的人，這時居然也有一絲懼意，聞言後退一步，道：「聞說你練成《血神經》，可是已代我報了仇麼？」

李洪等四人聽到此際，心頭駭然之極！聽來是紅髮老祖已遭了血神子的毒手！

阮徵等四人皆知紅髮老祖在苗疆碧雲塘鬥法雖然大敗，末了枯竹老仙和「小神僧」阿童出現，卻是不為已甚，他一身法力仍在，修為數百年，實是非同小可，何以也會遭了血神妖孽的暗算！

如今分明是血神妖孽頂了紅髮老祖的法身，難怪有這大神通，所發出的血雲能將「香雲寶蓋」抵住，一直相持不下！四人也知紅髮老祖法身，曾是枯竹老仙元神化身所用，功力深厚。血神妖孽是殺一人便增一分功力，此際他功力之高，更是深不可測了！

四人在驚駭間，只聽血神子笑道：「老祖功力也大進了！」目光一轉，向許飛娘望去，陡然「咦」地一聲。

許飛娘被他目光望來，心頭不禁生出一股寒意，不由自主向綠袍老祖靠了一靠。

血神子又道：「妙啊，天蠍寒蚿，天地之間至陰至陽的元胎，竟同時在此出現，看來吾道必興，定然成功無異了！」

血神子一面說，一面緩緩站起身來。他本來和那高冠古服的妖人一起坐著，這時一站起，許飛娘大驚，知道血神子凶橫險惡，猶在綠袍老妖之上，若是他心懷叵測，那可是一件天大禍事，忙又向後退了兩步，語音不由自主有點發顫，向那高冠古服的妖人道：「法王作主！」

血神子站起之際，那高冠古服的妖人雖然坐著不動，但身上所披一件色作暗藍的斗篷，陡地向上略揚一揚。在一揚之際，其色陡地轉為亮藍，耀目生花。

血神子向許飛娘一指，道：「你會錯意了，我若是想害你，只怕誰也作不得主！」

綠袍老祖悶哼一聲，剛要開口，只聽一旁一人喝道：「我們敵愾同仇，何必作無謂爭論！」語音鏗鏘刺耳，李洪等四人循聲看去，心中又是一凜，只見出聲之人身形高大，白骨嶙峋，正是「妖屍」谷辰。

四人同時也看清楚石臺上的那些妖人，大都能認出來。「妖屍」谷辰之旁，寒著雪也似白一張怪臉的是雪山老魅。再過去，是一個愁眉苦臉，似有滿腹心事的中年道人，身披道袍之上，繡著朵朵烈焰，如欲離體而起，那是九烈神君。

九烈神君雖是愁眉不展，在他身伴的梟神娘，卻是一臉剽悍，看來躍躍欲試。梟神娘之旁，高冠古服的妖人之右，是一個面目陰森，身上掛著許多魔教法器的中年人，正是星宿海老魔星宿神君。在星宿神君身後，一個衣飾華美，面色慘白的妖苗，像是傳說中的「五毒洞主」列霸多。

列霸多身旁一個周身黑煙籠罩，依稀可見黑煙之內，竟是一個頭戴王冠的人影，全身黑煙看來翻滾繚繞，但是卻始終緊貼在身旁，鬼氣森森，詭異莫名。雖未見過，但看這形狀，定是北邙「冥聖」徐完無異。

在血神子石椅之後站著的是一個身形高大，滿面皆是憤然之色的和尚，正是峨嵋門下棄徒曉月禪師。

還有一人更怪，連阮徵、干神蛛這麼見多識廣的人，也認不出那是什麼來頭。望過去，直似一團紅雲，裹著一個人體。體外紅雲在不斷翻滾流蕩，但是又不向外揚起。在紅雲流轉之中，隱隱可見紅雲之中，有許多白骨骷髏，若隱若現，其人卻始終在紅雲之中，未曾現身。各人只看出那肯定是魔教之中一個厲害人物，但是卻猜不透他的來歷。

阮徵等四人此際看清了石臺上的眾妖人，無一不是邪法高強，窮凶極惡之徒，心中不禁暗自吃驚。

起先，四人還不知和血神子並起並坐，高冠古服的妖人來歷，及至聽得血神子開口，稱他為「法王」，心中不禁陡地一凜，互望一眼。李洪陡地想起適才曾聽妖人低語，中有「四師哥遇害時曾經見過」之語，立時低聲道：「為首妖人是軒轅法王！」

阮徵、干神蛛盡皆點頭，知道也只有軒轅法主這樣的妖邪，才能和血神子並坐。那軒轅法王邪法之高，為妖邪中數一數二人物，在旁門諸人中輩分最高，比起丌南公、大荒二老、蒼虛老人諸人，有過之而無不及，已經避過兩次天劫。他門下幾個弟子，橫行不法，已然少有人能制。當年幻波池「豔屍」崔盈，何等驕橫凶殘，尚且要受制於軒轅法王的四弟子毒手摩什，老怪的法力高強，可想而知！

一時之間，四人進也不是，退也不是。「金蓮寶座」去向不知，連石生下落如何也不知道。「香雲寶蓋」又被血神子放起的一片血光敵住。看石臺上的敵人向自己指點說笑，竟像是自己四人是他們囊中之物，這口氣李洪先自咽不下去，若不是阮徵暗中以傳聲再三告誡不可妄動，李洪早已發作，拚上一拚了！

這時，軒轅法王上身的長袍，在揚了一揚之後，已復原狀。想來這件長袍本身是一件極其厲害的法寶，光華流動，邪氣隱隱。而血神子指著許飛娘發話。

許飛娘乍一上來，猜不透血神子心意，心中著實害怕，這時聽得血神子如此說法，心中一動，一轉念間，不禁大喜，忙道：「血神前輩可有意成全麼？」

一旁綠袍老祖見許飛娘忽然開口向血神子相求，心中大是不樂，發出「桀桀」一下怪笑，道：「寒蚿元胎就在眼前，何勞他人！」說著，身子一轉，兩條又瘦又長的手臂搖動，身子搖晃，雙目之中，碧光熒熒，嘻著血盆也似一張大口，逕自向石臺下的四人走來！

阮徵等四人一見，不禁大驚，朱靈知道綠袍老祖是針對自己而來，一張口，一團綠霧噴出，已將全身裹了個風雨不透。千神蛛也已放起一片灰白色的光芒，將四人一起護住。阮徵已暗運玄功，將「五色星沙」準備定當，不等綠袍老祖出手，就準備捨了「香雲寶蓋」，硬衝出去再說。

這一邊，綠袍老祖才一向下走來，星宿神君尖聲道：「老祖我來助你一臂！」語還未了，只見他袍袖中激射出十八股黑煙來，著地略一翻滾，使化為九男九女，十八個玉雪可愛的男女童嬰，拍手唱跳，向臺下四人圍了過來。

四人均認出那是星宿神魔所煉的陰陽十八天魔，厲害無比。在星宿海魔宮上空，雖曾被丌南公拚著以身殉道，將之震成重傷，但看來又經魔法祭煉，縱使威力大不如前，也不是自己四人所能抵敵。

阮徵見機極快，心知此際再不發動，可能就此落入敵人手中，任人荼毒，不等陰陽十八天魔逼近身來，一聲大喝，手揚處，「五色星沙」激射而出，分成兩股，一股急旋飛揚，將四人一起護住。另一股激射向上，同時又帶著四人，一起向上衝起。

這一切，原是同時發動，阮徵「五色星沙」才一發出，只聽得綠袍老祖一聲怪叫，「玄牝珠」幻化大手，竟向「五色星沙」疾抓而來，阮徵立時覺出上升之勢受阻。同時，陰陽十八天魔也一擁而上，一到「五色星沙」近前，立時化為十八個長大的魔鬼，口中黑氣亂噴，將「五色星沙」團團罩住。

那股向上射出的「五色星沙」，還未射到殿堂頂上，便被一片藍光壓將下來，將之阻止，難以再向上升，阮徵這一驚實是非同小可。那陰陽十八天魔的厲嘯之聲，震耳欲聾，令人心神旌搖。

眼看綠袍老祖「玄牝珠」所化碧綠的大手，竟已侵入「五色星沙」之內，向干神蛛所發那片灰白光芒抓去。手指雖還未曾碰到灰白光芒，看干神蛛時，已是面色慘變，汗下如雨。心知不妙，一咬牙，正準備借用向乃妻魔女明珠處學來魔教的「化血解體大法」，將自己身子震裂，以血光遁法護著自己元神和三人逃走。雖然明知在此盡多魔教的大行家，這類魔法，素所熟的，是不是能逃得脫，實成疑問！

但是危機一髮，不作此一拚，難有他法。況且自己是正教門下弟子，對頭只怕萬料不到自己在緊急關頭竟會使出這種最惡毒的魔教大法來，或許僥倖可以逃得出去也說不定。

阮徵心念電轉，左手暗掐魔訣，已在念誦魔咒。也就在這時，只聽得殿堂頂上，傳來霹靂一聲大震。

那殿堂本極宏大，高可十丈，頂上「五色星沙」和那片藍光正在爭持不下，又有血神子放出的那片血光和「香雲寶蓋」所發的萬道祥瑞，寶光流轉，五色輝映，耀眼生花。此際，隨著那一聲大震，只見三股匹練也似金光，陡地自天而降。

阮徵一見這等情形，知道來了救星。心還不知道來的是什麼，心想眼前巨惡畢集，來的人未必能討得好去，心中還著實擔憂。

只見金光陡降，石臺上軒轅法王首先發出一聲怒吼，身上所披那件藍袍陡地飛起，化為一幢亮藍色，看來其薄無比的寶光，將整個石臺一起護住。同時，身上一輕，綠袍老祖「玄牝珠」幻化的大手首先不見，陰陽十八天魔也同時消失。

首先入眼的，是一個看來只有十五、六歲，唇紅齒白，雍容華貴的小和尚，才一現身，將手一招，和那片血光正在相持不下的

「香雲寶蓋」，立時向他手上飛去，迅速縮小，被他托在手中。

「香雲寶蓋」一向那小和尚飛去，血光之中，發出一陣刺耳之極的聲響，陡地向小和尚當頭罩下，也未見小和尚有甚動作，陡地自他頭上飛起一團淡金色的佛光，將那片血光敵住。

只見那小和尚笑道：「反正誰也傷不了誰，何必徒費精神，將你血神妖光收起來吧！」

血神子是何等凶殘橫蠻的妖邪，此際聽得那小和尚這樣說，居然悶哼了一聲，那片血光陡地消失不見。血光一消失，小和尚頭頂那圈佛光也自不見。

只聽血神子冷冷地道：「大旃檀護頂金光，未必不能破！」

小和尚笑道；「妖孽之中，你算是有見識的了。大旃檀護頂金光，已有數百年未出現，你倒居然認得出來！」

血神子又悶哼了一聲，不再言語。此際血神子仍是頂著紅髮老祖的法身，貌本醜陋，這時看來，更是難看。

阮徵等四人一見三道金光下射，其中一人現身出來，見是個小和尚，心便放下一半。四人自然知道，眼前這小和尚，可以視群邪若無物，自有來由。這小和尚不是別人，正是白眉禪師唯一傳人，「采薇僧」朱由穆，和他同來的兩人，想必也不是弱者，一起定睛看去，只見是兩股金光落地，來人也已現身，一看之下，更是又驚又喜！

只見其中一個，是一個少女，看來年紀極輕，但是四人一看便自認出，那是「采薇僧」朱由穆的三生好友，師門至交姜雪君。在姜雪君身邊，則是一個白髮蒼蒼，面目慈祥，手持一根光華隱隱，高可七尺，九曲十彎拐杖的老婆婆，竟是前輩劍仙瑛姆！

朱由穆一下來，和血神子對敵，姜雪君已道：「阮徵快收『五色星沙』！」

阮徵心知這三人一到，群邪魔法再高，自己也可無事，立時一聲答應，有心賣弄，應聲未了，那麼威力強大的兩股「五色星沙」，同時一起不見，朱由穆此際也轉過身來。

「五色星沙」一收，干神蛛也將所放的灰白光芒收起。只見朱靈整個人似在綠霧籠罩之中，干神蛛正在向她低語，朱靈像是仍不放心神氣，只將綠霧收起少許，露出頭臉來。

朱由穆轉過身來之後，問四人道：「你們四人也太不知天高地厚了，可知此間來人來歷麼？」

李洪早已憋了一肚子氣，此刻強援來到，膽氣一壯，立時揚聲道：「左右不過是毒手妖孽的師父，我兩位姊姊一到，『七寶金幢』還不是一樣將他煉化了！」

石臺之上，軒轅法王冷笑一聲，並不答言，姜雪君笑罵道：「別將事情看得太容易了，這老魔頭頗有點能耐，不是他那幾個飯桶徒弟所能比擬的！」

李洪還想在口頭上討點便宜，已聽得血神子冷笑道：「瑛姆道友，久已不見了！」

瑛姆微微一笑，氣度祥和，道：「我是受人之託而來，道友不必視我為敵！」

血神子冷笑一聲，道：「你既替我那幾個晚輩出頭，總不能視你為友！」

血神子是長眉真人師弟，峨嵋派自掌教以下，東海三仙妙一真人、玄真子、苦行頭陀、妙一夫人、餐霞大師、頑石大師、「髯仙」李元化、醉道人、屠龍師太等人，全是他的後輩，這個並非虛張。當年峨嵋開府，血神子鬧事，首先便是中了瑛姆的一粒「無音神雷」，先受了創，才狼狽逃走，心中焉有不恨之理！此時事隔多年，他又不知害了多少修道人的性命，已將一部魔教之中至高無上的《血神經》練到了第九重關，邪法今非昔比，隨便放出血神妖光，便能將西方至寶「香雲寶蓋」敵住，由此可見一斑。

以瑛姆的威名之甚，法力之高，敢公然與她認敵的，天下妖邪之中，只怕也不過血神子、軒轅法王，和陰陽十八天魔未受重創之前的星宿神君三人而已。

當下瑛姆仍是氣度雍和，道：「是敵也好，是友也好，反正在劫難逃，誰也脫不了干係。不錯，我是受東海三仙所託而來。列位聚集在此，想是準備大舉向峨嵋進攻，我來傳言，端陽正日，峨嵋諸道友定在仙府迎候，繼慈雲寺、青螺魔宮之後，三次鬥劍，不知列位意下如何，我好回去交代。」

軒轅法主等人聚集在此，原是準備向峨嵋大舉進攻。軒轅法王近百年來，表面雖然深居不出，連幾個得力弟子相繼為正派所誅，也不出面，看來像是頗知畏懼天命，實際上處心積慮，早和星宿神君暗中勾結。待至血神子二次出山之後，三大妖孽聚在一起，早已準備大舉發動。此際聚集的各妖孽，全是接到軒轅法王的請柬前來。連到得最遲的綠袍老祖和許飛娘，也是應邀而來。

綠袍老祖未到之前，還先將被天蠍毒霧邪法所困的石生送來，準備將石生殺死，再以魔法催動石生元神，向峨嵋派倒戈相向去打頭陣，然後眾人一起發動，出其不意掩上門去，先攻個措手不及再說！

各人並未料到瑛姆會突然現身，而且一到便將陰謀說破，而且還定下日期，作正、邪之間的三次鬥法。

軒轅法王人極陰沉，在行事之前，已經施展魔法，顛倒陰陽，以便不被敵人占算出前因後果，但結果仍是無用，心中又驚又怒，卻是不動聲色。心知對頭方面既已知曉，偷襲自然行不通，不如索性大大方方訂下日期，互比高下的好！

當下軒轅法王一聲長笑，道：「此言深合我意，但日期卻需改在五月十五日。」

軒轅法王此言一出，姜雪君和朱由穆臉上神色不由自主一變。阮徵等四人看了心中莫名其妙。心想這次鬥法，雙方精銳盡出，必是一場傷亡極眾的比試。軒轅法王不過想將日期推遲十天，何以二人竟會面色大變？

四人正在疑惑間，已聽得瑛姆道：「法王要揀十五月圓之期，想來是已將『娑毗迦先梵天咒』煉成了？」

軒轅法王本來坐在石臺之上，看來凜然而威，強敵當前，若無其事，但此際瑛姆這句話一出口，只見他不期然，身子略震，隨即冷笑道：「道友未免太偏頗了，雙方既要鬥法，哪有將自己法力說與對方知曉之理？」

瑛姆也不生氣，只是道：「法王說得是！我可以代峨嵋諸道友作主，就是五月十五！我來此傳話已畢，這就告辭！」

瑛姆話一說完，也未見她有任何動作，連她帶姜雪君、朱由穆、阮徵等七人，一起向上升起。

石臺之上，血神子、星宿神君、綠袍老祖三人似要發動，但卻被軒轅法王身上先向上一挺，道：「道友等說來就來，說走就走，未免太易！」

朱由穆笑道：「依你之意，該當如何？」

軒轅法王向朱靈一指，道：「將小光明境萬載寒蚿元胎留下。」

朱靈身外的綠霧一直繞而未散，但此際軒轅法王隨手一指間，只見朱靈護身綠霧飛揚欲起，一旁干神蛛大驚失色間，瑛姆仍是面帶微笑，伸手在朱靈肩上略按，朱靈身外綠霧立時消失，看朱靈時，滿臉皆是喜容，和適才那種驚惶之情迥然不同。

朱由穆又笑道：「別做夢了，你魔宮中樞將有巨變，還是自顧自的好，哪裡還有力量來打他人的主意！」語還未了，只見幾個法王魔宮中的弟子倉惶飛進來，同時一陣急驟之極的鐘聲不斷傳來。軒轅法王面色一變，離座而起。

就在此際，瑛姆等七人向上升去的勢子陡地加疾，只見軒轅法王伸手向上一指，一團烏金色的妖雲突然出現，勢如萬馬奔騰向下壓來。然而也就在此際，瑛姆手中所持拐杖之上，陡地冒起一股白氣，勁疾無比，向上射去。

當頭罩下的烏雲，立時被震破一個大洞，七人拔空直上。阮徵等四人只聽得一下霹靂巨震之聲，身外五色光華略閃了一閃，便自不見。再看四外時，已然不在魔宮，身在一個山谷之中，知道是瑛姆適才施展玄門無上妙法「五雷遁法」，瞬刹千里，早已將各人帶了出來。

李洪始終關心石生安危，正想開口發問，已見石生、金蟬、朱文、齊靈雲、秦紫玲、癩姑、英瓊幾個人，一起自林中迎了出來，各人相見大喜，重又向瑛姆等行禮。瑛姆微笑著受了禮，五色光華一閃，又已不見，眾人無不嘆服。

朱由穆笑對石生道：「你沒有事了麼？」

石生拜謝道：「多謝師伯相救！」

李洪心急，早拉著石生問長問短，石生笑道：「洪弟別忙，大師姊她們和水宮眾弟子鬥法結果如何，我還不知道，事情由我而起，我和你一樣心急，讓我先聽大師姊、秦師姊她們說說經過如何？」

其餘各人齊聲附和，李洪嘟起了嘴不出聲，正自生氣，陡見一道金光射空而下，落地現出身形來，正是齊霞兒。

眾人忙又上前禮見。

霞兒道：「三次鬥法，已定在五月十五，距今不過兩個月光景，有什麼話，先回峨嵋再說！」轉過頭來對李洪道：「洪弟，你已是佛門中人，怎麼還這樣淘氣？你『金蓮寶座』已由寒月禪師收去，你還不回武夷去，在這裡幹什麼？」

李洪聽了大喜，道：「我師父也來了麼？他老人家呢？」一面說，一面四下張望。

霞兒笑叱道：「早就走了，莫非還和你捉迷藏麼？」

眾人看李洪神情，均覺好笑。李洪被各人笑得漲紅了臉。

石生怕他發怒，忙道：「洪弟暫和我們一起去峨嵋聚上些時，又怕什麼？」

霞兒道：「這次群邪本來準備偷襲，事先顛倒陰陽，但幾位師長閉關多時，細心推算，已經算出，本來正好將計就計，要占好大便宜。全是洪弟去一鬧，才不得不和他們訂下日期，這其中干係，除了姜師叔、朱師叔之外，你們也不明白！」

金蟬笑道：「明刀明槍更好，怕他何來？」

朱由穆正色道：「你們不知道高一尺、魔高一丈。軒轅法王將日子定在五月十五月圓之日，那定是他已將『娑毗迦先梵天咒』煉成了。」

金蟬聽阮徵說得鄭重，想起在魔宮之中，瑛姆曾提及過，當時朱由穆似甚吃驚，但是那「娑毗迦先梵天咒」，自己卻從來也未曾聽說過，想來必是極厲害的魔法無疑。

正想相詢，李洪已不服道：「這也怪我麼？老妖要使妖法，關我甚事？」

朱由穆道：「此事本已前定。本來，群妖前來偷襲，自以為可操勝算，或許還可以不使此咒。但照我看，一到敗象將現，必鋌而走險，事情本與你無關，不過應該在你身上引發而已。你們跟霞兒回山去，我還有事！」語還未了，阮徵一句話未出口，朱由穆和姜雪君二人已同時蹤影不見。

阮徵轉向霞兒問道：「師妹可知那『梵天咒』的來歷麼？」

霞兒皺眉道：「我也只聽家師講起過那『娑毗迦先梵天咒』，是魔道之中至高無上的魔法，自當年佛祖命阿難尊者破去之後，早已失傳，本來也不會發現重又出世。是南海玄龜殿散仙易周，觀察天象，發現近一個甲子來，每當月圓，日未墮月將升之際，日、月之中均有異常現象，用心推算，又不得要領，這才函告請同道齊心推算，算出有人以『梵天咒』在催動日華月精！」

眾人聽了，不禁相顧駭然，李洪道：「那魔法能催動日華月精麼？」

霞兒道：「何止能夠，聽師長說，練到高深處，可咒到日月墮地，宇宙重回洪荒！」

眾人心中吃驚，霞兒道：「先回峨嵋再作打算，水宮眾侍者鬥法的事，就在途中講與石師弟聽便了！」

霞兒話說完，衣袖略展，不消片刻，已到高空，看腳下山川河流，歷歷在目，看來去勢甚緩，實則卻是極快。霞兒一面帶著眾人飛行，一面說起自己接到飛劍傳書，帶著「禹鼎」，幫水母去鎮壓海眼黑泉的經過。

原來當石生走時，齊靈雲、秦紫玲二人正在水宮侍者鬥法。靈雲、紫玲二人一上來，不知究理，顧念著水母的面子，並不為已甚，只是揀幾個看來窮凶極惡，一望而知是旁門中人改投到水宮中來的人下手，誅殺了幾個。

卻不料水母在海眼黑泉之上吩咐石生，協助清理門戶一事已經傳出，眾叛逆一不做二不休，已準備與正派中人大肆為敵。一批人和靈雲、紫玲相持鬥法。另一批人，竟帶著大量水宮至寶「癸水神雷」，趁隙去攻打紫雲宮，將整座紫雲宮震碎之後，再將之移往海眼，對付水母，一石二鳥，端的歹毒無比。

靈雲、紫玲不在，紫雲宮中的侍者自然不是水宮眾人敵手，再加「癸水神雷」發，整個大海的力量皆被引發，紫雲宮立被震塌。眾水宮侍者正用「癸水神雷」所化寒冰，將整座紫雲宮移向海眼，準備向水母進攻之際，幸好水母弟子「絳雲真人」陸巽和齊霞兒同時趕到。

齊霞兒先用「禹鼎」將海眼黑泉鎮住，水母立時騰身出來，用「癸水雷母」將「癸水神雷」盡皆收去。收雷之際，將一干叛逆盡皆震死。雖然還逃脫了幾個，但已不足為患了。

「絳雲真人」陸巽眼看海眼已有「禹鼎」代鎮，水母已然道成，護著水母直升到兩天交界處方始回轉。靈雲、紫玲已接到朱由穆萬里傳音，趕去和各人相會，齊霞兒遲到了一步和眾人會合。

等到齊霞兒將經過情形約略說完，眾人早已到了峨嵋上空，同在太元洞前落下。只見所有同門，本來各有修道之所，此際齊集太元洞前的廣場之上，洞門緊閉，顯然各師長正在商議要事。

霞兒等各人落下，但都不敢出聲，只是恭立等候。

李洪一拉石生，兩人悄悄後退出去，離開了眾人，李洪道：「你是怎麼離開魔宮的？」

石生嘆了一聲，道：「洪弟，不吃一塹，不長一智，我這次幾乎喪生，到了緊急關頭，全靠水母所賜一片『玄冰神符』護住了心靈，才能死裡逃生！」

原來石生被天蠍毒霧迷倒之後，金牌所發光芒雖然將他全身護住，但人已昏迷不醒。

本來，綠袍老祖一誦魔咒，毒霧攻心，立時慘死。但石生命不該絕，在離開水宮之際，水母用一片「玄冰神符」將他送出宮來。

那「玄冰神符」和「玄冰仙屏」、「癸水雷母」，乃是水宮三件至寶。當綠袍老祖使法之際，「玄冰神符」化為一片冰涼的明霞，將石生的心神護住，使天蠍毒霧無法侵入。

石生先被綠袍老祖送到軒轅魔宮之中，當瑛姆等三人來到之際，早已安排金蟬、朱文前去相救。本來二人也難奏功，但寒月大師也同時趕到。軒轅法王等群邪，又專心在應付強敵，輕輕易易便將石生救出，並將軒轅法王用魔法硬搶了來的「金蓮寶座」也帶走。

臨走之際，還用佛門「心燈」，將魔宮中的一座偏殿震塌，殺死了不少妖人弟子。等到軒轅法王聽到告急鐘聲，知道出了事之際，眾人早已人寶齊得了！

# 第十回　冥聖遭劫　天王被殲

石生由寒月禪師以佛光將體內毒霧驅走，便自復元。李洪聽石生講完，才鬆了一口氣，還想再說別後情形，忽然聽得一下又一下的天磬聲傳了過來。抬頭看去，眾峨嵋弟子，男左女右，男以阮徵、申屠宏、諸葛警我三人為首，女以齊霞兒、齊靈雲、鄧八姑為首，正自列隊向洞中緩緩走進去。

石生一望之間，只見金蟬正向自己連連招手，石生忙縱身飛過去，李洪也跟了過去，兩人一起跟在金蟬之後，向洞內走去。

眾男女弟子之後，便是第二代弟子，女弟子以米明孃、沐紅羽二人為首，男弟子則以錢萊為首，也各自恭恭謹謹，走向洞中。

各同門平時言笑無忌，但此際心知正邪各派生死存亡關頭，師長召見，事情非同小可，是以各自戰戰兢兢，靜得連一點聲音也沒有。

眾弟子進了太元洞，抬頭看去，只見東海三仙、妙一夫人四人在中，其餘如嵩山二老、「神駝」乙休夫婦、凌渾夫婦、易周、瑛姆、天乾山小男、大荒二老、還有許多曾在峨嵋開府時見過，以及未曾見過，但憑日常所聞，可以猜知是何派高人的男女仙人，少說也有百餘人之多。離三仙最近的一個座位上，坐著的卻是一個瘦削乾枯、一身黑衣的道人。

眾弟子均認得那是「百禽道人」公冶黃，雖明知道他和本派頗有淵源，但是也猜不透何以如此重要。

當下眾弟子由帶頭的各大弟子頂頭禮見畢，退了下來，在洞兩旁侍立。

妙一真人向各弟子望了一眼，道：「峨嵋三次鬥劍，勢所難免。此次鬥劍，是群仙大劫，參與的各位仙長，皆有職司。爾等修道年淺，需聽各仙長調度，不得違抗！」

眾弟子聽了，齊聲答應。

妙一真人又道：「在此期間，各人均不得離山，一旦職司調派定當，便需不離崗位，有擅離者，定當重罰！」

妙一真人說得嚴厲，金蟬聽了，回頭向李洪扮了一個鬼臉。李洪雖然淘氣，在這等場合也不敢亂來，繃緊了臉，只當看不見。

金蟬才一扮鬼臉，立時覺得身上一震，知道是父親見怪，嚇得轉回頭來，連大氣也不敢出。

妙一真人又說道：「群邪大舉前來，也有所恃。血神妖孽近年來妖法大進，最是凶險。只有公冶道長的『烏禽劍』是他剋星。金蟬！」

金蟬一聽叫喚，立時向前跪下。

妙一真人神情嚴肅，道：「要你佯裝迎敵血神子，你可敢麼？」

金蟬心頭一凜，血神妖法之高他不是不知，但既有此分派，儘管心中害怕，還是朗聲道：「弟子領命！」

妙一真人一揮手，金蟬又退了下去。妙一真人接著又分配職司，各有所司，一時之間也講述不完。一直到紅日偏西才吩咐完畢，眾弟子各自離洞外出。

所有人之中，只有李洪一人無事可做。他雖是妙一真人九生愛子，但並非峨嵋弟子，因此反倒自由自在。這時各人都已在峨嵋全山分佈，不得擅離。李洪連走了幾處，連金蟬、石生也不敢太與他談笑，李洪覺得氣悶，只盼妖人快來。

一連幾天，別無動靜，李洪心想自己在此無事，不如回武夷山去尋師父，正縱遁光而起，忽見兩道紅光疾駛而來，認出是小寒山二女，心中大喜，忙叫喚著迎了上去，可是謝瓔、謝琳只是向他微笑略一點頭，佛光一閃，便自不見，想是行法趕到峨嵋中洞去了。

李洪心中生氣，正想趕上去發作幾句，眼前一花，「采薇僧」朱由穆已現身出來，望著李洪發笑。

李洪氣道：「朱師伯，他們兩人竟睬都不睬我，有多氣人！」

朱由穆笑道：「你當她們是來玩的麼？這次鬥劍，她姊妹二人責任重大，若不是她們心中對你記掛，根本隱形飛來，連見也不讓你見！」

李洪又好氣又好笑，道：「好稀罕麼！」

朱由穆笑道：「你這小淘氣，不給點事你做做，你或許會闖出大禍來！」

李洪一聽大喜，忙道：「可不是麼？悶也悶出禍事來了！」

朱由穆一笑不語，攤開手來，只見他手中托著棋子大小、七枚色作金黃的小丸，向李洪遞來，道：「這是『無音神雷』，威力絕大，你到峨嵋前山去等著，第一批來犯的，多半是『妖鬼』徐完，和一個多年未曾出山的妖魔『五鬼天王』尚和陽，你一見有敵，便發這七枚『無音神雷』，神雷一發之後，不論勝敗，即立時遁回！」

李洪見自己也有事可做，心中高興，將七枚「無音神雷」接過，笑孜孜道：「那尚和陽，可是昔年在青螺宮吃了凌真人大虧的那個麼？」

朱由穆點頭道：「可不是他！你可別小覷他，這些年來，聽說他重煉魔火，所煉魔火已與本身元靈結合，人即是火，火即是人，厲害無比，不可妄思對敵，要照我吩咐去做！」

李洪雖然答應，但是心中卻是不明。想起在軒轅魔宮內，曾見群邪之中，有一個全身被烈焰包圍的妖人，看不清模樣，想必就是「五鬼天王」尚和陽了。

朱由穆又道：「這次鬥法，幾位佛門高人，因為佛門最重因果，所以並不出面。我們這方面雖是群仙畢集，但妖邪方面也非同小可，你可別當兒戲！」

李洪見朱由穆說得嚴重，也莊容答應了，朱由穆身形一晃不見，李洪立時縱起遁光，來到峨嵋山前，落下等候。當地風景優美，人跡罕至，幽靜無比。

李洪心知「冥聖」徐完不來則已，要來必然率領千萬妖魂自地下攻來，是以專心留意地下動靜。可是足足等了一日夜，別無動靜。心中剛在忖測：「莫不是朱由穆師伯怕我惹事，故意將我調開，來冤我吧！」

正在想著，突然聽得身邊有人「咯咯」一笑。

李洪一聽，又驚又喜，反手便抓，卻抓了個空，忙叫道：「笑哥哥，你在哪裡，怎不現身？」

李洪一聽笑聲，就聽出那是笑和尚所發，眾同門之中，他和石生、金蟬、笑和尚等人最好，自然高興。

話才出口，就聽得笑和尚傳聲答道：「你別大呼小叫，我和古神鳩早就在此隱形等候，你自不察覺，怎能怪我？妖鬼將來，你那『無音神雷』呢？」

李洪一聽妖鬼將到，已將七枚「無音神雷」抓在手中，道：「『無音神雷』在我手中。」

笑和尚又傳聲道：「妖魔自軒轅魔宮起身，一路之上，便展妖法，將所經之處孤鬼遊魂，不論良凶，一概拘來，聲勢十分浩大，你且行法將『無音神雷』射向地下，向西疾馳。那『無音神雷』與瑛姆前輩心靈相通，一旦遇敵，自會爆炸，等將妖鬼逼出地面，你就有好戲看了！」

李洪聞言，忙依言施為，七枚「無音神雷」才一脫手，便化為七點金光，一閃即滅。

卻說軒轅法王方面，群邪等在瑛姆出現，將被拘住的人、寶一起帶走之後，更是又驚又怒，商量下來，大舉進攻必不可免，偷襲已自落空，只有明刀明槍進攻，群邪各聽軒轅法王和血神子調配，由「冥聖」徐完和五鬼天王二人先往峨嵋。

依著群邪心思，二人一到峨嵋，一個先在峨嵋上空布上魔法，一個則在地底施展邪法，能暗算對方更好，不然也將對方地下通路封住。

「冥聖」徐完上次峨嵋開府時曾率領妖魂前來偷襲，不料還未到達，就在半途遇到了埋伏著的前古剋星古神鳩，將所帶妖鬼葬送了一大半，自己若不是見機得快，幾乎也成了古神鳩腹中之食，重創之餘，已苦煉了兩件法寶，專為對付古神鳩而設，不然也沒有那麼大的膽子來打頭陣！

當徐完啟程前來之際，唯恐聲勢不壯，一路前行，一路施展妖法，將沿途的孤魂野鬼，拘了上萬個同行。將到峨嵋，徐完將拘來的鬼魂之中，揀了兩千餘個凶鬼厲魂作為前導，取出新煉的聚魂旛來，自聚魂旛中射出千百股灰白色的光絲，向其餘各鬼魂射去，每一股灰白光絲，射中一個鬼魂，立時緊緊裹住，向旛上投去。

那面妖旛看來不過手掌大小，上面滿是符籙，妖光隱隱，看去像是極深。鬼魂被拘，投向妖旛之上，各自發出淒厲已極的叫聲，一時之間，鬼聲啾啾，無異阿鼻地獄。

徐完將鬼魂收完，向其餘凶鬼厲魂道：「此去峨嵋，凡爭先立功者，事完之後皆可歸入我門下，若有膽小怕事的，定遭煉魂之慘，莫怪我言之不預！」

剩下的那些鬼魂，多半是窮凶極惡之徒，秉性凶厲，戾氣未消，自然一起答應。

徐完也知道峨嵋定有預防，而且前古剋星古神鳩又在彼方，所以越到接近，越是小心。等來到離峨嵋前山只有百餘里時，陡地覺出前面大石堅逾精鋼，儘管前導的千餘凶鬼厲魂鬼聲啾啾，慘嗚不已，竟再難前進分毫。

有些硬向前衝，前面便一閃起一片五色祥光，急速旋轉，將硬往前衝的凶魂，在慘嘯聲中捲走，蹤影不見。

徐完心知那是對方的仙法禁制，喝住了眾鬼魂。取出一串死人頭頂骨來，只誦妖咒，手揚處，那一串一百零八塊死人頂骨，陡地化為一百零八團灰光，向前打去。

灰光到處，紛紛爆炸，前面立時出現一條通道。眾凶魂不知煞星照命，一見這等情形，還只當徐完法寶奏功，立時爭先恐後，向前湧去。徐完所發的阿鼻頂骨珠，雖是一件冥府至寶，但是想起來事情也決無如此容易，是以並不立時向前，及至眾凶魂一起向前衝去，並無異狀，也跟著從後趕去。

及至馳出了七、八十里，看來前途坦然無阻，正在高興，忽見迎面有七團金光飛來，無聲無息。

徐完畢竟修為多年，一見便認出那七團金光的來歷，心中大驚，連忙想出聲喝阻正在前急馳的眾凶魂時，已自不及，只見那七團金光，才一向前激射，千百個凶魂所化的黑煙相接觸，立時爆散，雖然一樣無聲無息，但是震力之猛，無以復加，地動山搖間，已見天光，千百股凶魂被炸成億萬縷黑煙，正在向上升去。

徐完一見勢頭不對，也連忙向上升去。才一出土，便看到半空之中，前古神鳩雙翼撲伸，身子暴漲，每翼足有百丈長短，身上圍著十八團祥光灩瀲的佛光，睜著一雙金光四射的怪眼，口中如天河倒懸，噴出一股紫氣。

那萬千縷被「無音神雷」炸散的凶魂，未待復原，便在慘叫聲中，投進紫氣之內，盡數被古神鳩吸入腹中。有那僥倖未被神雷炸散的，也在紫氣之外，拚命掙扎，但是那股紫氣的吸力極強，又是專啖鬼魂的剋星，哪裡能掙扎得脫？有的半身已被吸入，血肉模糊的上半身還在紫光之外慘嘯不已，也是轉眼之間便被吸進古神鳩的腹中。

徐完早已料到自己一到，古神鳩一定出現，但是也未料到來得如此之快，一個措手不及，帶來的凶鬼厲魂已被消滅了一大半，不禁又驚又怒，再不遲疑，取出「聚魂旛」來一晃。

那「聚魂旛」是徐完當年峨嵋慘敗之後苦煉的兩件法寶之一，幾年來已聚了上萬鬼魂在內。自旛上所發的灰白光絲，是採地底至毒至汙的陰穢之氣煉成，一被沾身，驅之不去，深入骨髓，最是陰毒。

徐完本意的古神鳩吞啖鬼魂，一見鬼魂便吸入腹中，必連灰白光絲一起吸進。等灰白光絲一進入神鳩腹中，自己再一使妖法，足可以將古神鳩全身熔化，主意極其歹毒。

這時雖然有點措手不及，徐完對那些凶魂本毫無憐惜之意，反倒覺得古神鳩吸得性起，更是自己極佳機會，「聚魂旛」一經施為，萬千鬼魂被灰白光絲押著，直向神鳩口中噴出紫氣投去。還惟恐眾鬼魂掙扎，雙手連搓，發出團團陰火，在後面催押。一時之間，鬼聲大作。

眼看那萬千鬼魂，連著灰白光絲，已快投進古神鳩噴出的紫氣之中，猛聽得半空之中，一聲大喝，抬頭看時，不禁大驚。

只見半空之中，半空出現兩個怪模怪樣的僧人，各自凌空趺坐，絕不見有什麼遁光憑藉。徐完剛認出那兩人是天殘、地缺時，一片黃雲陡然自空而降，來勢快絕，疾射向萬千鬼魂和紫光之間。「聚魂旛」放出的萬千鬼魂，變成齊向黃雲之上投去。

徐完雖知來了煞星，還想施法，催動陰穢煞氣，化為陰火，去和對方對敵時，怎奈對方行動實在太快，黃雲一起，萬千鬼魂向黃雲之上投去，只不過是一剎那功夫。那萬千灰白光絲本來是緊束著眾鬼魂的，奇在向黃雲投去之際，眾鬼魂齊聲歡嘯，灰白光絲竟全被阻在外。

緊接著，只見一團土黃色光芒，向聚成一大團的灰白光絲打到。徐完認出那是專破陰煞之氣的至寶「土行珠」時，已自不及！

只聽得一聲大震，黃光炸裂，萬千白絲被炸開來，黃光向上一圍，包成一團，疾向青冥升去，眨眼不見，同時，自天殘、地缺手中，各自發出一股黃光，托著那片黃雲，連人帶黃雲也疾向上升去，也是一閃不見！

徐完心中又驚又怒，黃雲出現之際，他略一分神，古神鳩早已將凶魂吸完。徐完只當眼前強敵必然出手，全神戒備，一時忘了剋星在側，等到天殘、地缺一走，猛覺得一股寒意，隨著一股極其強大的吸力，已然罩上身來，身子四外已然全是耀目的紫色光氣！

徐完這一驚實是非同小可。心知自己若被古神鳩吸進腹中，雖和一般鬼魂不同，不至於立被消滅，但是想要脫身，也是萬難，勢非和古神鳩同歸於盡不可。

徐完也是惡貫滿盈，該當遭劫，不然以他之能，怎會想不到對方對自己底細素所深知，古神鳩斷然不會冒著與他同歸於盡之險，將之吸入腹中，此際若不掙扎，聽憑古神鳩施為，反倒可有一線機會。

怎奈紫氣一罩上身來，已是心驚膽戰，手揚處，一團黑光首先打出。緊接著一聲怪嘯，身外迸起一片灰白色光芒，全身也化為一縷黑煙，被那片灰白色光芒緊裹在外，用力一掙，竟然被他掙得一個掉頭，向地下激射而出！

徐完在百忙之中放出的那一團黑光，正是他新煉的兩件法寶之一「地陰雷珠」，乃是聚亙古以來，死人枯骨上所發的磷火煉成，陰毒無比，一經爆散，便化為億萬螢光，一被沾上身，便附骨不去。那「地陰雷珠」去勢極快，眼看要被古神鳩吸進口中，徐完向下急竄，也眼看地面在望，一被鑽進地中，便可遁回北邙山去，再作打算。

怎知就在這千鈞一髮之際，突然聽得前面「哈哈」一笑，一個脣紅齒白，滿面笑容的小和尚突然出現，正擋在他去路之前！

徐完一見敵人現身，將心一橫，仍是疾衝向前，一面還在急行妖法，想在撞上敵人之際，趁機將敵人的魂魄拘走，好歹也出一口惡氣。怎知他這裡去勢若箭，來到近前猛然看到有一朵淺紫色的火花正在小和尚身前，浮沉不定。

這時，徐完全身還在古神鳩所噴的紫氣籠罩之中，那朵火花又是淺紫色，心切逃命之際，一點也未曾察覺，來到臨近，方始看到。

徐完一見就認出那朵紫花來歷，是九天仙府奇珍「紫清兜率火」時，如何還逃得過去！火花透進護身妖光，當時覺得心頭一凛，已被打中。

「紫清兜率火」一打中，立時爆散，徐完妖魂立被炸成千百股。徐完也不是尋常妖邪，「兜率火」一震之威，居然也未能將之立時消滅，只不過將他妖魂炸散，化成千百股，厲嘯聲中，向地上仍在激射而下，但是地面之上，一片佛光反兜上來，將去路阻住。

同時，「兜率火」一炸之下，徐完元氣大傷，古神鳩奮起神力，用力一吸，只見化為千百縷的徐完妖魂，在怪嘯聲中，盡數投入神鳩口中！徐完發出的那一枚「地陰雷珠」，竟未及行法催炸，便被笑和尚手揚處，發出一片通紅明亮的光芒罩住，發出一片密如連珠的爆音，消滅不見！

古神鳩在將徐完妖魂吸入之後，身子立時縮小下降，落在地上。

李洪在一旁也現身出來，拍手笑道：「笑哥哥，古神鳩真是妖鬼剋星，妖鬼已死了麼？」一面叫著，一面便待奔過去撫摸古神鳩。

笑和尚趕過來，一把將李洪拉住，道：「別去打擾牠，徐完妖魂雖受重創，被吸入腹中，但要消滅，仍然不易，牠正運用本身內丹，將之煉化。只要一分神，被妖鬼趁機反撲，就前功盡棄了！」

李洪伸了伸舌頭，向古神鳩看去，只見牠身子雖然縮小，但蹲在地上，仍有一丈五、六高下，神駿威猛無比，雙目圓睜，金光四射，身子在顫動不已。身上所繞那一十八團祥光，也在不斷繞著身子旋轉不已。

李洪情知笑和尚所言不虛，便拉著笑和尚向外走開去，道：「徐完一來就葬送，眾妖邪若是見機，該跪地求饒才是！」

笑和尚道：「徐完修煉多年，你看來容易，可知事先眾師長花了多少心血來佈置麼？」

笑和尚笑道：「若不是天殘、地缺二老趕到，以『五雲屏』破去『聚魂旛』，再加上葬送一朵『紫清兜率火』，還有這前古剋星，再加上我的『乾天火靈珠』才能成功。徐完本是鬼魂煉成，幾近不死之身，如何消滅得這樣容易！」

二人說了一會，只聽得古神鳩一聲長嘯，陡地遁空而起，在半空中向二人略一點頭，去勢快絕，轉眼不見。

笑和尚道：「牠此去白眉師祖處，化去橫骨，便成正果了！你看那邊，尚和陽只怕不知徐完已經遭劫，還在耀武揚威哩！」

李洪隨笑和尚所指看去，只見半空之中，本來是白雲成團，自在飄揚。這時，只見一個全身火焰亂迸的怪人，正在空中來回飛快疾竄。那全身冒火的怪人和火旡害又自不同，所冒出來的魔火激射向前，相隔老遠，也可覺出火勢猛烈和聽到轟轟發發之聲。

激射而出的魔火，一射進雲團之中，「轟」然巨響過處，雲團立被點燃，也化為整團魔火。

身在魔火包圍之中的尚和陽行動如電，轉眼之間，被他所發出魔火點燃，同樣化為魔火的雲團，不下百十團之多，正在迅速聚攏，變成一大幅廣可百畝的火雲，幾乎將峨嵋上空盡皆罩住，千百丈的魔火，帶著震耳欲聾的轟發之聲向下射去，也不攻山，只是一向下射去，立時收回。此去彼回，聲勢之猛惡，更是罕見。

等火雲將峨嵋全身罩住，尚和陽也自現身出來，身子似在魔火護圍之中，但已可看清身形。李洪和笑和尚還是初見。

只見尚和陽看來只有十五、六歲年紀，身上披著火也似一件長袍，長袍之上，火焰翻滾，一張怪臉也是火一樣紅。

布定魔火之後，神情趾高氣揚，指著下面，正要發話，道：「下面各人聽著，軒轅法王、血神道長、星宿神君及諸道友，快將來到。我尚和陽微不足道，只是前來打頭陣，由誰出戰，也該現身，如何任我施為？」

李洪一聽，心中大怒，一拉笑和尚，道：「笑哥哥，我們先去給這紅臉妖賊吃點苦頭！」

笑和尚道：「放心，自有人去收拾他！」語還未了，只見一團彩雲自山中升起，來勢極快，眨眼間已投進魔法之中。

這時，魔火籠罩全山上空，廣達數百畝，火勢轟發，何等厲害，那團彩雲竟逕向魔火之中投了進去。

尚和陽一見，心中暗罵：「任你使的是什麼法寶，我將魔火聚攏，先將你困住，再慢慢將你煉成飛灰不遲。」手掐魔訣，正待施為，卻不料眼前一花，彩雲竟已穿過十餘丈的魔火層，來到了眼前！

尚和陽這一驚實是非同小可，暗想這是什麼法寶，竟然不怕自己化盡心血，已與本身元靈相合的魔火？須知尚和陽在青螺失敗之後，重煉魔火，這番所煉與上次大不相同，乃是先向本命神魔罰下重誓，以身許火，火與他本身已成一體。煉成之後還只是初次使用，對方彩雲看來雖然神奇，也絕不可以隨便穿過魔火之理！

當下尚和陽儘管吃驚，畢竟識貨，怪眼圓睜處，仔細一看，看到那團彩雲之外，有一片極薄的銀輝，閃了一閃，便自不見，看來像是包在彩雲之外，護著彩雲向上升來。

雖然銀輝一閃便自不見，尚和陽心頭也不禁陡地一凛，一看便認出，那是前古至寶，亙古以來冰雪精英所化成的「雪魂珠」。

這「雪魂珠」正是一切魔火的剋星，聽說「女殃神」鄧八姑已投入峨嵋門下，莫不是正是這對頭前來？那可決討不了好去！

尚和陽一想及此，來時氣焰已煞了一半。

這時，彩雲收去，現出三個人來，一男二女，仙風道骨，豐神俊朗，美豔絕倫，尚和陽認出男的未曾見過，女的兩個，卻正是當年在玄冰凹，曾和自己對敵，令自己手臂上中了「白眉針」的天狐寶相夫人之女，秦家姊妹。仇人相見，不禁分外眼紅！

這時，穿透魔火層而上的正是司徒平和紫玲、寒萼。那團彩雲是「彌塵旛」所化。本來，尚和陽魔火厲害，「彌塵旛」一入魔火之中，去勢略緩，也被困住，時日一久，也一樣要被煉化。但是三人上來時，鄧八姑以「雪魂珠」之神化為一片極薄的銀光，護在

「彌塵旛」之外。「雪魂珠」本是一切魔火的剋星，要穿過魔火，自然容易。

尚和陽當年右臂上中了一枚「白眉針」，雖然立時行法將氣血閉住逃走，不令「白眉針」順血脈直攻心口，但事後用盡心機，也無法取出。而自寒光道人兵解之後，唯一可將「白眉針」吸出來的寒光「吸星球」又下落不明。尚和陽也真狠得下心，心想長痛不如短痛，竟施展「化體解身」魔法，將右臂齊肩斷下。同時，又施展魔法，將自己斷下的右臂，煉成一極厲害的法寶。煉成之後，仍將斷臂附在肩上，是以看起來絕不知他已斷了一臂。

司徒平和秦氏姊妹一現身，寒萼便已罵道：「不識羞的紅臉妖賊，當年在玄冰凹施詭計，饒你不死，不去洗心革面，還敢前來送死！既自稱來打頭陣，有什麼本領，只管施展便是！如果只有這些鬼火，我們可要不客氣，下手收拾了！」

寒萼口尖舌利，尚和陽聽到一半，已是大怒。暗誦魔咒，寒萼話才說完，一聲大喝，「轟」地一聲響，右臂離體而起，一道空中，立時暴漲，魔火轟發，向寒萼等三人當頭罩下。魔臂一起，腳下的魔火怒濤翻湧，也向上迎來，聲勢更是猛惡！

那條帶著百丈魔火的手臂，向三人當頭抓下，司徒平一聲清叱，肩搖處，一下清越的龍吟之聲，夾著兩道墨光，交尾舞出，將魔臂敵住，在空中來回翻滾，爭鬥起來，難分高下！

寒萼、紫玲姊妹仍像沒事人一樣，只是站著觀戰，指點說笑。尚和陽見對方有名人物一個也未曾現身，只出了三個少年男女，分明全然不將自己放在眼裡，心中已然大怒。看出司徒平的「烏龍剪」十分厲害，自己魔臂難以取勝，心忖你們托大，正好給我出氣的機會。我趁機下手，可莫怪我以大欺小！

尚和陽主意打定，已在施展以身化火大法，身外護身的魔火，其色由暗而明，烈焰翻滾。看秦氏姊妹時，像是仍不知大禍將臨。

只聽得寒萼笑道：「姊姊你看，這紅臉狂賊右臂曾中了我們一『白眉針』，他竟將自己的手臂煉成法寶！不知再在他頭上釘兩枚『白眉針』，看看他能不能將腦袋也煉得飛起來害人！」

尚和陽心中更是暴怒，暗罵賊婢，等會被魔火包圍，不將你煉成飛灰，難消心頭之恨！他這裡已準備妥當，正待發動，忽見寒萼說著，向前飛了過來，手揚處，兩絲銀光已疾射而出！

尚和陽本來還怕自己一發勁，敵人見機遁走，難以奏功，一見對方竟向自己飛來，正中下懷！

一時之間，尚和陽也不去想想，對方縱使輕敵，也沒有不知道魔火厲害之理，如何行動會這樣輕率！眼看兩根「白眉針」射到，一聲大喝，身子急速電轉。

「白眉針」來勢快絕，但尚和陽就在那一剎那間，身子已不知轉了多少千百轉。倏地一聲厲嘯，全身已化為一股烈焰，向前激射而出！

這股烈焰，乃尚和陽元神所化，和他先前所發魔火以及魔臂上所發火焰大不相同，其色精純，勢子猛烈，耀目生花。

烈火才一激射而出，兩枚「白眉針」已然打到，只聽得「嗤嗤」兩聲響，「白眉針」一挨魔火，立時化為兩縷青煙，帶著一陣輕微的焦臭，立時煉化！

寒萼好像到這時才知道厲害，面現驚惶之色，轉身就逃，一面

逃，一面叫道：「姊姊，妖賊厲害，快來助我！」紫玲看來，也像是手慌腳亂，不知所措。

尚和陽一見這等情形，如何肯捨，去勢如電，眼看離寒萼已不過丈許，向前激射而出的烈焰。已然可以燒到寒萼的衣裙，正在以為報仇雪恨就在此刻之際，陡地眼前金光一閃，已多了一個白髮美婦。

那白髮美婦手中持有一個七色晶光閃耀的晶瓶，瓶口正對著尚和陽所化的那股烈火。尚和陽登時覺出自瓶中生出一股極大的吸力，自己竟身不由自主，要向那瓶中投去！

這一驚實非同小可，連忙硬生生止著去勢，向後急退時，只聽得身後又是一下清叱，道：「紅臉妖賊，可還認得我『女殃神』鄧八姑麼？」

尚和陽急切之間，回頭一看，並不見人，卻見一片燦爛之極的銀光，阻在自己身後，一看便認出那是亙古冰雪精英所化的至寶「雪魂珠」！

尚和陽也自見識不凡，知道這時如果硬向後退，以自己本身法力，並非不能穿過「雪魂珠」所化銀芒逃出去，但是必然要受重創，多年辛苦煉成的魔臂魔火，也非全數葬送不可，縱使逃得出去，還有何面目見人！前面那只寶瓶，吸力雖大，看來寶瓶主人還不知自己以身化火，威力無窮，火中還有無數丙火神雷，一經施為，不難將對方連人帶法寶炸個粉碎，總比在自己魔火剋星「雪魂珠」之中穿行過去要好得多了！

尚和陽也是凶狠太甚，到這時候，還妄想害人，心念電轉之下，立時轉頭，非但不逃，反向晶瓶之中投去，只聽得那白髮美婦「哈哈」一笑，尚和陽所化的那股烈火，已經投入晶瓶之中！

才一投入，便聽得晶瓶之中，傳來尚和陽一下淒厲已極的慘叫之聲！

那手持「七寶紫晶瓶」，突然出現的白髮美女，正是「白髮龍女」崔五姑，她和鄧八姑全都隱身隨寒萼等三人衝上魔火層而來。寒萼故意激怒尚和陽，等尚和陽以身化火，向自己逼來，才假作驚惶逃走，崔五姑和鄧八姑也在此際同時出現。

各人早已料定尚和陽一覺出「七寶紫晶瓶」吸力強大，必要後退，是以由鄧八姑以「雪魂珠」斷後。也料定尚和陽自恃神通廣大，「雪魂珠」是他剋星，二寶齊現時，寧捨「雪魂珠」而就「七寶紫晶瓶」。

五姑的紫晶瓶本是一件異寶，但是以尚和陽之能，縱使被吸入瓶中，也還可以施展魔法，將寶瓶震破。五姑雖然不致受傷，寶瓶卻非被毀去不可。

但是尚和陽卻不知道，五姑昔年因緣際會，曾將一股「雷澤神沙」吸入「七寶紫晶瓶」之中。

那「雷澤神沙」本是純陽之火，又經五姑多年祭煉，威力更大，以火制火，尚和陽才一投進，寶瓶之中，只覺得身外一熱，「雷澤神沙」已包將上來，心知不妙，發出一下慘嘯之聲，情知上當，中了敵人之計。情急之下，還想拚上一拚，一面厲嘯不已，一面施展魔法，將先前所布的魔法，連同和「烏龍剪」正在對敵的魔法，一起待向寶瓶之中投去。

一時之間，只見火雲翻滾，轟發之聲震耳欲聾，眼看如萬馬奔騰的魔火，要將五姑全身包圍，一道金光已電射而上，金光中現出齊靈雲來。

齊靈雲才一現身，手指連彈三下，三片冰霧應手而出。那三片冰霧，看來又淡又輕，可是勢子那麼猛烈的魔火，挨著便自消散，轉眼之間，冰霧展布開來，竟將廣可百畝的魔火一起包住，化為一團濃煙，齊靈雲帶著被冰霧包成的濃煙，直向上升去，轉眼之間不見。而「七寶紫晶瓶」中尚和陽所發出的慘叫聲，也越來越低！

這一切經過，在不遠處的李洪、笑和尚全看得分明。

前後不到一盞茶時，「五鬼天王」尚和陽已然被殲，滿天魔火也自消散，李洪一面拍手，一面喜得打跌，問道：「大師姊所使是什麼法寶，這樣厲害？」

笑和尚道：「那是三滴『天一真水』所化的水霧，正是魔火剋星。別看只有三滴，足可化生億萬，如果齊師姊將它們一起送到兩天交界處被罡風吹化。那『天一真水』卻是能發不能收，等到再從兩天交界之上降落下來時，必然化為連月淫雨，要造成極大災害。想來師長到時，一定另有安排！」

笑和尚、李洪交談問，只見寒萼等三人和崔五姑已同時不見，只有鄧八姑行立當空，向著他們道：「大敵將來，笑師弟和李師弟不奉師命，千萬不可妄動！」

笑和尚李洪才一答應，八姑人也不見。同時，只聽得樂聲齊鳴，仙樂飄飄，一片仙雲，托著金蟬、石生二人自仙府之中冉冉向上升起。二人穿著整齊，打扮得如天上金童一樣，升空之後，向李洪、笑和尚所在的方向略一點頭，便專注西北方。

也就在金、石二人目注西北方之際，只聽一種極細的怪聲，起自西北方天際，迅速傳來。緊接著，便看到極遙遠的天際，現出一點黑點。

那黑點才一入眼之際，幾非目力所能辨認，但來勢快絕，隨著那怪聲，轉眼之間，已經可以看出那是一道寬可十丈，長得自天際盡頭向前伸展過來的烏金光雲。

李洪認出那烏金光雲，和當年毒手摩什所煉的「羅焰血罡」頗為相同，但聲勢看來更是猛烈，忙一拉笑和尚，低聲道：「軒轅老妖來了！」

話還未了，那烏金光雲已直升到離金、石二人所站仙雲不過

五、六丈處，尖厲之極的怪聲，聽來令人心神旌搖。金、石二人所站的那團仙雲，也在鼓蕩不已。但是金、石二人卻仍然神色鎮定，絲毫沒有驚惶之色。

那股烏金色光雲，來到離金、石二人只有三丈處，陡然停止，橫亙天際，尖厲的怪聲也自消失，只見天風浩蕩，除了那股金色光雲長得出奇之外，也未見有甚異狀。緊接著，又聽得一陣細吹細打之聲，自烏金光雲的盡頭處隱隱傳了過來，聽出是在漸漸移近，來勢卻不甚快。

李洪氣道：「越是妖邪，越是有許多虛張聲勢的做作！」

笑和尚笑道：「軒轅老妖已有數百年未曾離開魔宮，你讓他先神氣一會，又怕什麼？」

# 第十一回 墨禽傷敵 寶幢煉魔

二人正在說著，但忽聽身後有人接口笑道：「我也說是！」

二人陡地一驚，心想自己也不是無能之輩，何以有人到了身後也不知道？二人不約而同一面轉身，一面向後疾退。

只見身前站著一個中年道人，看來不帶一絲邪氣，有點面善，似曾相識。

李洪道：「你是什麼人？這裡快有妖邪來犯，你這樣行動，要將你當成敵人怎好？」

那道人笑道：「我本來就是你們敵人！」

道人一面說，也不見他有何行動，二人眼前一花間，道人已到了眼前。

二人正不知道人這樣說是什麼意思間，陡聽得道人身後，一聲厲叱，另一個黑衣瘦削道人已然現身，手揚處，一道烏油油的劍光已然發出，徑向身前那道人飛來，來勢絕快，烏光一閃，便已繞體而過。

李洪正在奇怪何以「百禽道人」公冶黃不問對方來歷，便自下殺手，猛見身前道人身子斷為兩截，一聲怪嘯，自道人身上飛起兩截血影，旋轉翻滾，才起時分成兩截，幾個電旋之間，已經合而為一，一個轉身，向公冶黃疾撲了過去！

二人一見血影冒起，這一驚實是非同小可，那是血神妖孽，二人焉有認不出來之理！看來若不是公冶黃及時發出他獨門「墨禽劍」，自己二人已遭不幸了！而這時血影明知公冶黃的「墨禽劍」是他剋星，還敢狠狠向公冶黃撲去，可知定然有恃無恐！二人全是俠義心腸，明知自己法力和血神妖孽相去甚遠，也不能坐視，齊聲呼喝，「太乙神雷」首先連珠般發出。

「太乙神雷」百丈雷火金光向前打去，血影全然不理。看公冶黃時，一張口，已將那道烏油油的劍光吞入口中，全身再無寶光繚繞，血影來勢若電，一撲即中。就在血影已快要透體而過之際，公冶黃伸手在頂門之上一拍，只見一團紫紅色的光華，裹著公冶黃的元神，向上疾升而起，去勢快絕，一閃不見。血影也在這時完全透進公冶黃的法體之內！

這一切，李洪和笑和尚二人全看在眼裡，但由於所有事發生得實在太快，迅雷不及掩耳，別說二人法力不濟，就算是前輩高人在此，也無法可施。

二人一見血影已透體而過，雖見公冶黃在事先遁出元神，但法體已被血神子所占，這一驚實是非同小可，雙雙放出佛光護身。

佛光才一揚起，陡然聽得一聲怪叫，只見公冶黃的法體之外，陡地冒起一蓬烏油油的光華，籠罩全身。在那薄薄一層烏油油的光華之內，一個血影正待離體飛起，但是看來卻像為那層烏光所阻，不能如願神氣，血影發出的厲嘯之聲，聽來刺耳之極！

二人一見這等情形，心知「百禽道人」公冶黃才一上來便遭了血神子的毒手，並非由於雙方法力相去太遠，而是預定的計謀。這時公冶黃法體雖失，但聽血神妖孽叫得如此急驟，分明已經上當！

李洪、笑和尚此際所想不差，原來正邪之間，水火不能相容，三次鬥法必不可免，各派仙長也早有準備。

妖邪之中，自以軒轅法王、血神子和星宿神君三人魔法最高，綠袍老祖自也是邪法高強，但一則他匿藏地肺，鮮為人知，二則，老祖得了天蠍元胎，和許飛娘狼狽為奸還是最近的事情，並未在正派各仙預計之中。

三個妖邪之中，星宿神君的陰陽十八天魔，經丌南公捨身相救之後，受了重創，雖然一樣厲害無比，然而已非不可迎敵，軒轅法王最厲害的是已將「梵天魔咒」練成。

那魔咒乃至上無高的魔法，一經發動，日、月之中亙古以來所蘊藏的力量，直可被魔咒催動。血神子來去飄忽，魔法極高，身又不帶邪氣，身兼正邪兩派之長，最難應付。是以各派仙長集議，算來血神子已將《血神經》練到極高境界，任何寶物飛劍皆不能傷，只有「百禽道人」公冶黃所煉的「墨禽劍」，看來只是一道毫不起眼的烏油油光華，卻是他的剋星。

當年峨嵋開府，血神子逃走時，曾被公冶黃一劍繞身而過，當時兩半邊血影竟不能立時合攏。於是由妙一真人出面，將公冶黃請來，告以利害。公冶黃得道多年，一直只從旁門修煉，對於自己是否能避過道家四九重劫一事，毫無把握，一聽妙一真人剖析利害，立然慨然允諾。

妙一真人的計畫是要金蟬誘敵，敗逃之際，公冶黃出言，再誘血神子加害，但事先將元神遁出，由妙一真人贈以萬載溫玉，將公冶黃的元神護住，立時送走，由群仙合力助他成道。

當他元神遁走之際，先將多年祭煉，早已身劍合一的「墨禽劍」，與身相合，一等血神子血影侵入，「墨禽劍」立時化為一片光華罩向全身，令血神子難以離開公冶黃的法身，這一來，自然要減去不少凶威！

血神子行蹤飄忽，突然出現，金蟬未及誘敵，便已來到，公冶黃一現身，血神子便撲上公冶黃法身，一撲中，身外一涼，「墨禽劍」所化烏光，已將法身罩住，血神子立時知道上當，怪嘯一聲，想要離體而起，可是向外連撲三次，每一次血影挨著「墨禽劍」所化烏光，立時通體灼熱，如萬針攢刺，逼得退了回來。

血神子此際，心中又驚又怒，一面厲嘯不已，一面施展魔法。陡然之間，只見十股血光，自公冶黃法體之內射出，直抵烏光，將烏光硬生生撐了開來。緊接著，只聽得驚天動地一下巨震，公冶黃整個身子化為一團血光，炸裂開來，早被血光撐開的烏光，立時被炸開一個大洞。一條血影電也似疾，自洞中激射向空。

血影的去勢已是快絕，可見血影才起，烏光緊接著也向上升起，去勢更快，直刺入血影之中。

只聽得一下慘嘯聲過處，血影竟被齊中剖成兩半，但兩半血影去勢仍然快絕，漫天血光一閃之下，便自不見，那股烏油油的光華，也化為一蓬墨雨金星，自天而降，落地之後，隱入地底不見。

公冶黃的法體，早已被炸得屍骨無存！

李洪和笑和尚二人看得目瞪口呆，正在嘆惜終於還是被血神子遁走時，陡見身邊，一蓬青光，一道白光，微微一閃，便自不見。在青、白光芒閃耀中，依稀看到兩個人影，竟像是大荒二老枯竹老人和盧嫗模樣。

二人心中疑惑間，金光一閃，玉清大師已現身出來，道：「你們二人也太大膽了，血神妖孽剛才遁走之際，若向你們順勢撲來，你們還能倖免麼？」

李洪笑道：「大師別嚇我，看他剛才走得那樣急，怎還有餘力害人？」

玉清大師笑道：「他雖走得急，但一身魔法仍在。公冶道長犧牲了法身、飛劍，一旁還有大荒二老暗中相助，也只不過令妖孽受創而去。這次受創雖然不輕，但妖孽仍一樣厲害，你們真將事情看得太容易了！」

李洪還想再問，玉清大師向上一指，道：「軒轅老妖快來了，我們隱起身形看熱鬧，有便宜可揀，可別錯過！」

李洪聽出自己並非無事可做，顯是早有安排，而且還有玉清大師、笑和尚相助，並非單獨行事，不由大喜。

李洪忙抬頭向上看去，只見那股起自天際，直射到金蟬、石生之前的烏金色光雲，顏色正在加濃，內中億萬金星，發出轟隆之聲，如同百萬天鼓齊鳴。而且遠處傳來的樂音，仍是若斷若續，好像還在老遠，要好一會才到達神氣。

可是就在李洪一抬頭間，陡地看到烏金光雲之上，有一蓬亮藍色的寶光，陡地一閃。那蓬寶光，強烈之極，一閃之間，連在前面的金、石二人，身上幾乎都成了藍色。

金、石二人站在那片仙雲之上，看來並無任何寶物護身，但實際上那片仙雲是一件至寶所化，二人全身，又有東海三仙之一，苦行頭陀「無形劍炁」相護，尋常邪法異寶絕難傷及二人。二人心知師長命自己出來迎敵，事情和師門聲威有關，是以剛才那股烏金光雲激射而至之際，行若無事。但此次這蓬藍光如此強烈，二人心中也不禁吃了一驚，知道強敵將至，留心戒備。

藍色寶光一閃即逝，就在二人面前，隨著藍光明滅，憑空多了兩個身形極其高大，巨靈也似的妖人。手中各持一根長約五尺的黃金杵，略一晃動之間，金光電閃。二人俱生得高大，一身戰服，看來猶如天神也似，以金、石二人的慧目，竟未曾看出這樣兩個巨人是怎麼來的！

兩妖人才一現身，手中黃金杵向前一指，金光電閃之中，隱隱有霹靂之聲，指著金、石二人喝道：「法王大駕將臨，峨嵋一干賊道，如何縮頭不見？」

金蟬、石生本來心想這次正邪鬥法，雙方來的高人極多，軒轅法王更是自恃行輩極高，一上來總和尋常妖邪不同。看那兩個妖人現身的氣勢，也自不凡，怎知一開口，還是和一般妖邪一樣，心中又好氣又好笑。

金蟬向石生望了一眼，道：「師弟，聽說軒轅法王修煉千年，門下應該有點人物。當年我們對付毒手魔什，雖然妖人生得奇醜，但氣度仍在，你看這兩個大個兒，長得倒還像個人，怎麼一開口就不說人話，莫不是什麼妖精變的吧！」

石生心知金蟬有心逗對方發急出醜，笑應道：「要看看他們原形，那還不容易——」

語還未了，兩個巨人已自大怒，雙雙一聲怒吼，驚天動地，手中黃金杵已向金、石二人，當頭砸了下來。立時金光大盛，雷聲震動。

金、石二人心中一凜，金蟬手揚處，「天遁鏡」已然出手，百丈金光向上照去，將杵形金光敵住。

同時二人飛劍也已電射而出，那兩巨人竟不退避，劍光繞身而過，二巨人竟晃若無覺。金、石二人心中才一凜間，只見二巨人身上，各自冒起一蓬黑影，全身已化為一個巨大無比，形如虛質的黑影，向前疾撲過來。

石生手在項際一按，所懸金牌，立時湧起一座山形金光，將惡狠狠疾撲過來的黑影阻了一阻。巨人所化黑影發出一陣陣厲嘯之聲，儘管金牌所發金光將之擋住，仍在猛撲不已。

而兩道杵形金光，更是矯若游龍，和「天遁鏡」所發光芒纏在一起，急切間難以取勝。

金蟬正想另取法寶應敵時，忽聽身邊英瓊傳聲道：「蟬弟將你霹靂劍收回來，分成兩股，刺向鬼影。這兩個妖人是前古殭屍，受軒轅老妖魔法催動而來，待我用『紫清兜率火』將之炸成飛灰！」

金蟬一聽來了幫手，精神一振，立時將飛劍收了回來。他一對飛劍，光華一紅一紫，紫光收回之後，運玄功將手一指，便自一分為二，向兩個長大無比的黑影飛去。

金蟬劍光射出之際，隱見身旁飛起兩朵紫色燈焰，雜在紫色劍光之中，不是留心，絕看不出。紫光向兩黑影電射而出，黑影因為不怕飛劍，全然不防，仍在向金光護身的石生猛撲不已，金蟬大喝一聲，紫光陡地大盛。

就在此際，兩朵「紫清兜率火」也已打到，只聽得「波波」兩聲極其清脆的爆音過處，黑影之中，傳出一下淒厲之極的慘叫聲，紫光一閃間，那麼長大，將天也遮黑了半邊的黑影，陡地震開，化為億萬縷黑影，四下飛射。

就在黑影爆散之際，只聽得天際遠處，樂音若斷若續之間，傳來一下悶哼聲，緊接著，一股細才如指的藍光陡地射來，來勢快絕。藍光一現，億萬縷黑煙，各自帶著鬼嘯之聲，紛向藍光投去。

金蟬大喝一聲，劍光化為一片光牆，想將黑煙去勢止住，但是黑煙竟自透光而過，眼看全數要被收回，忽聽上空有人叫道：「兩位師兄，師長說這對黃金杵本是佛門至寶，被妖人盜來，快將之收下，那些鬼煙，由我來對付！」

金蟬抬頭一看，只見雲空之上站著一個美貌少女，正是同門師妹向芳淑，手中持著一隻青光閃閃形式奇古的寶瓶，自寶瓶口中噴出一股青氣，直射向下。

青氣才現，那些向藍光投去的黑煙發出淒厲無比的厲嘯之聲，紛紛向青氣投去，挨著便自消滅。去勢快絕，轉眼之際已自消失了一大片。

金、石二人見狀，知道向芳淑雖然入門年淺，但手中所持卻是前古至寶「青蜃瓶」，是各類妖魂的剋星，必可無礙。倒是這一對金杵，雖然兩巨人已經被「兜率火」震散，兀自在空中騰挪飛翔，看來威力無比，急切間如何收得下來？

正在想著，猛然瞥見，金杵所化的杵形金光之外，突然多了一層極其淡薄的青光，包在金光之外。

同時一幢冷瑩瑩青光，疾飛而來，正是錢萊的「太乙青靈鎧」飛來，叫道：「師父，將這對金杵賜與弟子吧！」

錢萊一到，也未見他再用什麼法寶，伸手一招，兩股杵形金光陡地縮小，向錢萊手中投去，被錢萊一手一柄，抓個正著。一將金杵收起，青光一閃，又自不見。再看向芳淑時，「青蜃瓶」中射出的青氣，已將黑煙消滅殆盡。

那股藍光的一端，陡地電射向向芳淑，向芳淑卻行若無事，只是向金、石二人略一點頭，便自不見。那股藍光去勢極猛，向芳淑突然消失，仍在勁射向前，直投向對面遙空之中。

金、石二人剛在奇怪何以妖人無的放矢，只聽得藍光盡頭處一聲大笑，飛起一條人影，去勢快絕，只見他雙手抓住藍光的一端，隨著他身子向上飛起，那股藍光，像是一條千百丈長的怪蛇一樣，翻轉騰挪，就是脫不出那人的掌心。轉眼之間，笑聲搖曳，藍光已被帶到青冥深處，一閃不見。

金蟬、石生心中正在想那是何人，法力如此之高，竟能將妖人法寶平空收走，耳際又響起英瓊傳聲，道：「那是凌真人大顯神通，你們不要東張西望，妖孽快到，小心應付才好！」

就在這幾句話間，樂聲大作，自遠而近，迅速移近，烏金色光雲盡頭處，已可見一點寶光閃動，才閃了一閃，便移近了一大半。再一閃間，金、石二人眼前，陡覺藍光刺目生痛，幾乎禁受不住，定睛看時，只見對面不遠處，已多了一個高冠古服，看來貌相極其威嚴的妖人，坐在一張石椅之上，石椅四周，全是耀目的藍光。

金、石二人心知是軒轅法王來到，立時莊容相向。只聽得四面八方，幾下厲嘯聲和破空之聲同時傳來，四面一看，只見東首一股滾滾妖火，夾著水火風雷之聲，妖火之前有一道紅光，轉眼到了近前，是一個老和尚和一個裝束得奇形怪狀，看來年紀甚輕，一臉詭異之色，手中持著一著色作深黃的缽盂的妖苗。

金、石二人升空之前，原經師長指點此次前來的各個著名妖人，一見這兩人，便認出是曉月禪師和列霸多二人。緊接著，南方一下厲嘯，碧雲一團，如萬馬奔騰疾馳而來，綠雲之中，是綠袍老祖和許飛娘二人。

比綠雲略後些，一股勁疾無比的黑氣之中，裹著九烈神君和梟神娘。

兩邊傳下來一下冷笑聲，眼前一花，星宿神君已自憑空而立，雙手籠在袖中，神情陰森。再向北望去，只見一條血影當空而立，正是血神妖孽，身後則是「妖屍」谷辰和雪山老魅。

隨著幾個主要妖孽現身，只見百十道各色妖光紛紛刺空而來，來到近處，現出奇形怪狀的妖人，為數不下二、三百人之多，有的見過，有的連聽也未曾聽說過。

金、石二人雖然久經大陣仗，看了這等情形，心中也不禁凜然。這次妖人雖多，但居然並無污言穢語，只見軒轅法王手一指，向二人道：「你二人是齊漱溟門下麼？小小年紀有這等定力，也不容易了！五月十五約期已至，你們師長難道只令你們這些後輩來送死麼？」

就在法王這幾句話功夫，那股烏金色光雲迅速展布開來，廣可千畝。金、石二人向下望去，下面全是翻滾的烏雲，峨嵋諸峰盡被遮沒。

金蟬神情鎮定，道：「法王遠來，有心為敵，何必講什麼禮數？我們雖然修道年淺，但是除邪誅妖，一向勇於向前，你若是邪法高強，只管先向我們施展，等後生小輩不敵，自然有師長出來應付！」

軒轅法王也並不發怒，只是臉色略沉，向上一揚臉，道：「各位道友全聽到了，這可不是我們以大壓小！」

語還未了，只見他手向上略揚，在他所坐石椅四周，立時飛起十面妖旛，高達三丈，黃雲繚繞，妖旛才起，便覺天色昏黃，混沌一片。同時，只聽得綠袍老祖一聲怪嘯，「玄牝珠」幻化大手，已向金、石二人疾抓過來。

金蟬、石生正待迎敵，只見一青一紫，兩道匹練也似光華，自下而上，刺破腳下烏雲，直向軒轅法王攻去。那一青一紫兩股光華，來勢快絕，一刺破烏金色光雲，兩股光華一靠，立時光芒大盛，劍氣如虹，青、紫二色交纏，正是當年長眉真人降魔至寶，紫郢、青索雙劍合璧。

雙劍合璧之後，宛若雙龍鬧海，光芒到處，烏金色光雲如同開了鍋的滾水一樣紛紛向外散去，軒轅法王雙臂一振，身上所披藍色寶衣化為一幢藍光，疾飛起來，向紫青雙劍疾迎上去。

法王應變雖快，但是紫郢、青索合璧，威力實在太強，劍芒所及，已將法王身邊十面妖旛掃斷了三面。還待再向其餘妖旛掃去時，藍光飛到，已將紫青雙劍敵住。紫青雙劍卻不與藍光對敵，藍光一到，立時掣回頭，斜刺裡直飛出去，射向九烈神君和梟神娘，去勢快絕，梟神娘手揚處，大蓬「陰雷」紛紛爆炸，也只能將紫青雙劍的來勢堪堪敵住。

梟神娘「陰雷」一發，紫青雙劍又猛然掉頭，疾飛向綠袍老祖「玄牝珠」所化大手。其時，金蟬已將玉虎放起，和石生二人共騎，玉虎口中噴出萬道銀雨，將二人全身護住，二人身在寶光之內，由金蟬以「天遁鏡」將「玄牝珠」敵住。

紫青雙劍一到，綠袍老祖「玄牝珠」所化大手，竟想將雙劍抓走。大手一到，雙劍光芒如匹練也似連振兩振，只聽得一下厲嘯聲過處，縮了回去，紫青雙劍又向軒轅法王身邊妖旛掃去。

自紫青雙劍一出現，來去若電，所過之處，烏金色光雲首被掃蕩了一大半。自下面，各色寶光紛紛飛起，其中以七色劍光合成一股的光芒，最是強烈，正是長眉真人遺下的「七修劍」，一出現，就殲滅了十來個妖人，直射向谷辰和雪山老魅，鬥成一團。

梟神娘手中捧著一隻朱紅色大葫蘆，陰雷如雨，向下攻去，爆炸之聲，地動山搖，但在峨嵋上空，已升起一大片慧光，那麼強烈的「陰雷」攻將上去，只激得祥光瀲灩，一點也攻不進去。

另一邊，只見仙都二女謝瓔、謝琳，各自在一片佛光之上，佇立中空，星宿神君已將陰陽十八魔放出，向二女進攻。

謝琳手背之上，飛起一柄藍光殷殷，雷聲轟轟的大斧，正在施展絕尊者《滅魔寶籙》上的無上大法，在和陰陽十八天魔相鬥。

南方上空，余英男全身在南明離火劍身之下，手指處是化為三十丈高下，發出一片晶亮墨綠色光華的「五雲神圭」，正和許飛娘鬥在一起。

綠袍老祖元神幻化的大手，赫然還在滿空飛舞，原身捧著一隻五色煙雲籠罩的小鼎，自小鼎之中，射出一股極淡的五色煙氣，一射出便自展布開來，化為五色輕煙，四下自在飄揚，正是天蠍的五色毒煙。

峨嵋第二代、第三代弟子，幾已空群而出，和數百妖人鬥在一起，各展奇珍異寶，一時之間，滿空俱是各色寶光，轟隆爆炸之聲，可是天色卻越來越是昏黃，越是襯得各色寶光，強烈無比，各正派仙長卻始終未曾露面。

妖邪方面，軒轅法王已將那幢藍光護住全身和妖旛，已被紫青雙劍斬斷的三面妖旛也已復原。只見他手掐魔訣，口唇顫動不已，正在念誦魔咒。

血神子，條血影，則護在藍光之側，每當有法寶向法王攻來，順手便是五道血光，將攻來的法寶阻住，看情形正在護軒轅法王施展魔法。

原來群邪來前，也早有計劃，以血神子、軒轅二人坐鎮中央，施展魔法，其餘各人合力向峨嵋全山攻打。能在「梵天魔咒」發生作用之前，先將峨嵋山靈境毀去，自然更好。不然，等到「梵天魔咒」發動，引日、月無窮力量下攻，也可操必勝之券。所以軒轅等人雖然已經算出徐完、尚和陽還未到峨嵋，便已被滅，來時仍是趾高氣揚。

卻未曾料到才一到峨嵋上空，紫郢、青索雙劍合璧，首先鬧了個措手不及，將魔旛毀去了三面。雖然令之復原，但已費了不少時間。其時峨嵋各弟子已空群而出，來的妖邪雖多，也鬧了個手忙腳亂。

軒轅法王一見這等情形，已將護身寶藍色光芒放起，連人帶魔旛一起護住。血神子仍照原定計劃在旁守護。以血神子魔法之高，眾峨嵋弟子不是不想趁機給首惡來一個厲害，但是連紫青雙劍合璧，尚且不能奏功。其餘人所發的飛劍法寶，幾乎全被血神子毀去，也攻不進軒轅的護身寶藍光芒之內。

儘管四周鬥法熱鬧，聲勢威猛之極，軒轅法王依然端坐藍光之內，手掐魔訣，催動「梵天魔咒」。約一個時辰左右，只見十面魔旛之上，射起十股勁疾如矢的白氣，穿透那幢寶藍色的光芒，五股向東，五股向西，直上青冥。

當那十股白氣才一出現之際，天際極遠處，便傳來一種聽來極低，可是入耳已覺驚心動魄的聲音。各峨嵋弟子紛紛以法寶飛劍向那十股白氣攻去。可是白氣如虛如幻，連紫青雙劍合璧繞上去，也了無損傷，依然勁疾。而且白氣一出便向遙空疾射，已不見盡頭，但是看來還在不斷地向前伸展，竟不知要射出多遠才停。

十股白氣一起，眾峨嵋弟子已知老魔的「毗娑迦先梵天咒」已經開始發生作用，雖知師長和各派仙長必有安排，心中也不禁駭然。但心知自己法力不足以應付，只有盡力對付眼前妖邪。

其中謝瓔、謝琳，本和星宿神君的陰陽十八天魔鬥得難分難解。十八天魔厲嘯連聲，星宿神君全身黑煙繚繞，面前當空懸著一面碧光熒熒的三角形令牌，不時伸手向令牌指去，發出淒厲的嘯聲，十八陰陽天魔便向謝家姊妹猛撲不已。

等到白氣一升空，十八天魔攻勢更急，謝琳陡地一聲嬌叱，道：「老魔你的末日到了！」

隨著謝琳語聲，謝瓔手揚處，十八股柔和已極的佛光陡地射出，射向已化為車輪般大小骷髏的十八天魔，正是「大無相神光」。「無相神光」一射向天魔所化骷髏，天魔便被神光所裹，發出一陣陣厲嘯聲，行動呆滯起來。

謝琳「哈哈」一笑，自她手臂上飛起的那柄藍斧，倏地化生出十八柄來，各自帶起一道勁疾無比的寶藍光芒，向陰陽十八天魔疾劈下去！

星宿神君像是知道不妙，厲聲呼嘯，待將十八天魔收轉，但哪裡還來得及！寶斧到處，砉然有聲，將十八個巨大無比的骷髏，皆齊中劈開，自中間冒起一股黑煙來，疾投向懸在星宿神君面前的三角令牌。

但也就在此際，只聽謝瓔、謝琳齊聲呼喝，陡然之間，金光奪目，滿天彈雨霏霏，「七寶金幢」陡地憑空出現，迅速暴漲，足有十丈高下，緩緩轉動，七層七色寶光，遠射出十里開外。

「七寶金幢」一現，不但十八天魔所化那十八股黑煙，在金幢略一轉動之際便被吸走，連在附近的一些妖邪，法力較差的，也全被七色寶光捲進，轉眼之間，便已消滅了十來個。星宿神君見勢不佳，急速後退時，七色寶光已一起罩上身來。

只見老魔全身黑烏亂迸，怪嘯連聲，好幾次七色寶光已將他全身裹住，但仍然被他掙扎脫開。可是「七寶金幢」越轉越快，七色寶光也射得更遠。星宿神君每次掙脫，又立被捲住，而每被捲住一次，護身黑煙看來便淡了一層。

接連十餘次過去，自「七寶金幢」之內，射出一股看來極其祥和的佛光，將星宿神君全身罩住，佛光之內現出一團淡青色的火焰，老魔護身黑煙一接觸到那蓬青焰，便自消散，更急得厲嘯不已！

此際，漫空仍是寶光飛舞，鬥法極急，仍有不少妖邪被「七寶金幢」的寶光捲走，慘嗥聲中，形神俱滅。但謝瓔、謝琳卻已同在佛光籠罩之下，安然趺坐。身在佛焰之中的星宿神君，在護身黑煙幾被青焰消滅殆盡之後，像是自知不妙，神色獰厲，怪嘯不絕，陡地雙臂一振，全身盡赤，身上衣服、令牌，全化為各色妖光，向外激射而出，居然將佛光撐開了些。

# 第十二回 圭分陰陽 佛現金身

緊接著，一聲巨震，身子裂為八塊，大團血雲，擁著斷裂開來的身子向外疾衝。其中較小的四團，一衝到青焰之上，青焰陡地轉盛，連聲霹靂之中，連血雲帶肢體，立時化為黑煙消滅，另四團較大的，竟在慘嘯聲中衝破了佛火神焰包圍，向外電射而出！

星宿老魔此際所煉的乃是「化身解體、血雲霹靂」魔法，拚著葬送一個元神，希望能將主要元神遁出。老魔魔法也真高強，居然被他一舉成功。

四團血雲一脫出了佛火神焰的包圍，猛聽得四下慘嘯聲，同時傳來，只見東、南、西、北四方，四團血雲前面，各現出一個人來，正是「神駝」乙休、韓仙子、朱梅、白谷逸四人。乙休手揚處，一片紅光，將血雲去勢阻住。韓仙子射出兩柄奇亮奪目的金劍，刺進血雲之中，嵩山二老各以一道金光，擋住血雲的去路。

四團血雲一被阻，立時掉頭，齊向中間馳來，來勢快絕，本來相隔少說也有百十里，轉眼之間，便已聚在一起，急速旋轉，合而為一，重又沖天而起。

但在此際，「七寶金幢」所發的佛焰重又激射而到，血雲才升空百十丈，又被罩住！

血雲重被佛火神焰罩住，乙休等四人一閃不見，血雲在佛光之中，左右衝突，卻再也衝不出去，只見青焰越來越盛，血雲越來越淡，謝家姊妹神態安詳，「七寶金幢」仍在不斷轉動，霞光千重，寶相莊嚴，無與倫比！

眼看星宿老魔惡貫滿盈，遲早被佛火神焰煉化，形神俱滅！仍在漫空飛舞的一些邪魔，看在眼中雖然心驚，但凶威仍不稍減，只見和余英男對峙的許飛娘，法寶層出不窮，英男只以「五雲神圭」對付。飛娘想也看出厲害，不敢太過接近，正鬥得難捨難分之際，英男突然身劍合一，南明離火劍化為一道紅光，向飛娘直射了過來。

飛娘一見英男攻來，正合心意，怪叫一聲，身子遁空而起，現出天蠍原形，晃眼暴漲。只見一條長達百丈，形態猛惡之極的天蠍，周身五色彩霧繚繞，口中噴出一股勁疾如火的彩煙，向著英男的南明離火劍，疾迎了上去！

雙方的去勢均極快疾，離火劍紅光到處，飛娘了無所懼，口中所噴彩煙幾成實質，和劍光糾纏鬥在一起。綠袍老祖怪嘯連聲趕過來，想為飛娘助陣。就在此際，陡地看到一團其紅如火，只不過尺許方圓的一團紅光，載沉載浮，自雲際緩緩飛來，看來像是全然沒有主宰一樣。

許飛娘見識非凡，一眼就看出那團紅火，是異類修成的內丹，若不是已有數千年功候，火色決不會如此精純。這種異類經數千年苦修而成的內丹，自己若能得到，好處極大，是以一見之下，立時叫道：「快將這內丹取來，莫落入敵人手中！」

那團紅火一現，綠袍老祖也看出不是凡物，來勢又恰好在他面前，立時碧光大盛，「玄牝珠」幻化大手，向那團紅火疾抓而出。只覺得手到擒來，剛在想事情未必如此順利，猛地瞥見一團綠雲，許飛娘疾衝過去，正是萬載寒蚿的元胎。

綠袍老祖一見這等情形，心中更是大喜，大喝道：「寒蚿元胎一現，你還不快搶了就走！」

許飛娘也是一樣心意，貪欲太甚，一時之間，也未曾想到，天蜈、寒蚿，至陽至剛，兩相合一立成不死之身之理，人人皆知，對方何以會在這緊要關頭送上門來！

許飛娘也未覺察正在對敵的強敵余英男，突然一閃不見，連聳立半天，光芒萬丈的「五雲神圭」也去向不知，竟全未顧到，怪嘯連聲，逕向寒蚿疾撲過去。

天蜈腹下，千百隻利鉤也似的鐵爪一起划動，將寒蚿抱了個結實。心中大喜，剛待破空而起，連綠袍老祖也棄了不顧時，忽聽得一聲巨震，百忙中回頭看時，只見綠袍老祖的「玄牝珠」，在一聲巨震之後，化為億萬點流螢，正在四下飛射流散。

先前所見那團紅火，卻已暴漲成丈許方圓。在火紅的寶光之內，有一個儀容極美的美婦人，正在手指一股紅光，和「玄牝珠」被破去之後，神情又驚又怒，狼狽不堪的綠袍老祖鬥在一起。

許飛娘剛看出紅光中的美婦人，正是天狐寶相夫人，知道綠袍老祖已然上了大當，自己此時不走，更待何時之際，猛覺一股極大的吸力傳來，身子四外一緊，回頭一看，不禁大驚！

只見身子四外，已全被墨綠色的光芒包圍。兩座高可插天，石碑也似的寶物，就在自己身側，正是「五雲神圭」。而神圭之中，射出億萬股墨綠色的寶光，將與自己元神合一的天蠍元胎，緊緊吸住！

在神圭之上，是一個身形高大，面目慈祥的中年僧人，手揮處，一片金光罩將下來，立時遍體生涼，神魂欲飛。

金光才一罩下，便見一條血也似紅，高大猙獰的魔影飛舞而起，投入金光之中，轉眼之間，慘嘯連聲，便自消滅。飛娘認出那僧人正是李英瓊之父李寧，已用大旃檀佛法將綠袍老祖的附身陰魔消滅！

飛娘一見連陰魔也消滅得如此容易，心中更是大驚，心知再不逃走，絕無倖理。連忙鬆開緊抱著的寒蚿，想要遁身而起之際，卻不料身上一緊，反被寒蚿緊緊反抱，不能脫身！

許飛娘這一驚實是非同小可，情知自己貪心太甚，中了圈套，到這時候，除了捨卻天蠍元胎，將元神遁走之外，別無他法，心中又驚又怒，一聲怪叫，天蠍頂門陡地裂開。只見飛娘元神在一團青光擁簇之下，電射而起。去勢快絕，居然被她掙脫神圭墨綠色的寶光，直向外射。

但見飛娘元神才一飛起，半空之中，陡地一片灰白色光芒疾罩了下來，飛娘連躲避的念頭都不容起，已被那片灰白色光芒罩中。剎那之間，只覺身上一緊，低頭一看，許多灰白色光絲，已攻進護身青光，將元神緊緊縛起！

飛娘一見自己落入敵手，還想綠袍老祖抽空來救，急嘯連聲，轉頭向綠袍老祖望去，卻見綠袍老祖已被寶相夫人所發那團紅光，全身包住，正在厲吼連聲，左右衝突，寶相夫人手指處，紅光之內，射出無限光針，看來像是「大五行絕滅光線」，射向老祖身上，便自爆炸。綠袍老祖「玄牝珠」已破，法力大減，正自狼狽不堪，自顧不暇！

而就在飛娘這一回顧之間，眼前陡地一暗，「五雲神圭」的墨綠色寶光，重又罩上身來。長大之極的寒蚿、天蠍元胎，卻已脫出了神圭之外，只見一個大頭醜陋少年的影子一閃，自天蠍開裂的頂門內直穿而入，耳聽得男女歡呼之聲傳來，寒蚿、天蠍俱一閃不見，一團綠雲，裹著一個容顏極美的少女，偎依在一個醜陋少年的懷中，二人四目交投，歡喜莫名，正在迅速向上空升去。

許飛娘看出那正是千神蛛、朱靈夫婦，二人已藉著天蠍、寒蚿的元胎，陰陽交會，從此成為不死之身，又羡又怒之際，四外壓力一緊，只見紅光裹著綠袍老祖，也向神圭寶光之中投來。

綠袍老祖咬牙切齒，神態猛惡之極，手揚處，一股暗沉沉的魔火，四下射出，將紅光撐開少許，但是神圭寶光吸力極強，紅光一被撐開，寶相夫人微微一笑，伸手一指，便將紅光收回。綠袍老祖想趁機刺空直上，哪裡能夠！厲嘯聲中，身子翻翻滾滾，直向神圭之中投來！

飛娘看到綠袍老祖來到，還妄想仗著兩人合力，可以逃命，剛向上一迎，四周轟然之聲，如百萬天鼓齊鳴，抬頭一看，「五雲神圭」已在轟隆聲中，陰陽神圭向內合來，擠上來的力量重如山嶽，身子又被干神蛛所放蛛絲縛緊，變得難移分毫！眼看兩面神圭越移越近，眼前一黑，神圭合攏，身在神圭之內，再想脫身，萬萬不能！急得連聲怪叫。

綠袍老祖還想作最後一拚，將神圭用魔法撐開逃走。但正派各仙早有準備。「五雲神圭」才一合攏，半空之中，突然出現青、黃、白三圈極大的光圈，三色寶光遠照百里，正是前古至寶「三才清寧圈」。

三圈寶光才出現，就套在神圭之上，將神圭緊緊束住。兩件前古至寶合併，綠袍老祖魔法再強，也難以逃脫，終於和許飛娘一起，在「離合神圭」之中被寶焰煉化，形神俱滅！白便宜了干神蛛、朱靈這一雙糾纏多生的苦夫妻，一個得了天蠍元胎，一個得了寒蚿元胎，從此成為不死之身，修成地仙。

綠袍老祖、許飛娘、星宿神君相繼被殲，群邪莫不失色。才上來時，群邪不下數百人之多，自「七寶金幢」一現，緩緩轉動之際，便消滅了一大半，餘下在峨嵋眾弟子的掃蕩下，也死傷了一大半，只有幾個首惡，還在苦苦支撐，這時看出情形不妙，紛向軒轅法王飛來。

軒轅法王仍在寶藍色的光幢護身之下，自光幢中射出十股白氣，五股向東，五股向西，看來已不知射出多遠，但仍然蓬蓬勃勃，在向上伸展。那十股光氣，形同虛質，眾峨嵋弟子紛紛向之進攻，竟絲毫無損；連英瓊的「兜率火」也不能損傷分毫。

當群邪向寶藍光幢飛來之際，法王雙目略放，群邪一起飛進光幢之內，雖有幾件法寶飛劍追殺進來，均被寶藍光幢之中，射出一股深藍色的光旋急速絞動消滅。躲進光幢的群邪，得以略鬆一口氣。

這時，在寶藍光幢之外的，只有血神子和曉月禪師二人，還在和眾峨嵋弟子激鬥。寶藍光幢比剛才大了十倍，寶光燭天。左有「七寶金幢」，右有「五雲神圭」和「三才清寧圈」所發寶光，鼎足而三，寶光上燭，何止千丈，成了亙古未有的奇觀。

峨嵋弟子中，英瓊、輕雲紫青雙劍合璧，已破曉月禪師的飛劍所放光芒，將曉月禪師全身圍住。曉月全身火光亂迸，正在苦苦掙扎。一旁血神子全身變得鮮紅欲滴，發出令人心悸怪嘯聲，飛舞撲來，竟欲在紫青雙劍光之中，將曉月禪師硬救出來。血影才一作勢欲撲之際，英瓊早已放起「定珠」，將自己和輕雲一起護住。

但血影撲向近前，仍是鼻端血腥味令人欲嘔，一疏神間，只見兩股血光，纏住紫郢、青索雙劍，竟將雙劍合璧硬生生分開，現出一道隙縫。曉月一見，一聲厲嘯電射而出，眾峨嵋弟子紛紛呼喝，待追上去之際，忽見一蓬只有尺許長短的刀形銀光電閃而至，來勢快絕無倫，銀光一閃間，已將曉月劈成兩段。

只見曉月禪師元神升起，神情惶急之極，正在亂叫，但聲音低微，聽不真切。那道銀光卻停也不停，跟著向曉月元神一絞，立時將元神消滅！

那股銀光一現，眾峨嵋弟子立時認出那是長眉真人遺下的玉匣飛刀，曾在峨嵋開府之際出現過一次。當時由於在場群仙苦苦求情，曉月禪師才得免於伏誅。但是他怙惡不悛，終於難逃形神皆滅之禍！

曉月禪師形神俱滅之後，血神子對那股銀光似也有所忌憚，正迅速向後退去。可是那股銀光的去勢更快，血神子在疾退之際，銀光已到了他的面前。血神子厲嘯聲中，雙手發出十股血光，將那股銀光緊緊抓住，血影更濃。

銀光被血影抓住，看來似已停滯不前，而血光漸漸緊縮，銀光也在漸漸縮小，變成了一柄銀光燦然的銀刀。血神子一下厲嘯，自口中又噴出一股血光來，待向銀刀罩下去。也就在此際，只聽得銀刀上突然發出一下喟然長嘆之聲，自刀光之上，射出一股細小如指的銀色光芒，去勢快絕，將血神子全身盡皆裹住！

也就在此際，只聽得天際響起了一股異樣的洪厲之聲。循聲看去，只見一團烏雲，疾逾奔馬，自天而降，越來得近，顏色便越轉變紅，等到來到血神子頭上之際，簡直成了一團火雲。

血神子在烏雲甫一出現之際，便竭力掙扎，但身被銀光所困，難以掙脫，及至烏雲化為火雲，血神子慘嘯聲中，身子突然分為八股血光，分向四面八方射去，但其時紅雲已迅速向外展布，廣可百畝，向下一壓，一下雷震之聲，自雲中傳來，立時雲消煙散，血神子血光和紅雲同時不見，只餘那柄銀刀，在半空之中載沉載浮。

眾弟子在遠處看得目瞪口呆，正不知那團紅雲是什麼來歷，竟能一下子就將血神子消滅之際，已見仙雲靉靆，自峨嵋升起。仙雲之上，站著高高矮矮，數十名男女仙長。當先一人，正是峨嵋掌教，乾坤正氣妙一真人。手上捧著玉盒，將玉盒向上略略一揚，那柄銀刀立時電掣飛回，嗆然歸盒。

妙一真人高捧玉盒，向天遙祝，朗聲道：「多虧師尊玉匣飛刀，及時將妖孽絆住，使天劫來臨，妖孽不能脫身！」

眾弟子聽了妙一真人的祝告，才知起自天際的那團烏雲，是血神子天劫來臨，難怪消滅妖孽如此容易了！

各派仙長一現身，眾峨嵋弟子立時紛紛飛過去，侍立在側，其時，已近申末酉初，正當十月，月華已升，金烏未墮。半空之上，雖有各色寶光交射，但是天色看來，卻又像格外陰沉。

極目望去，只見自寶藍光幢之中射出的十股光氣，竟已像射到日、月近處，日輪月亮，盡皆起了感應，各在正中出現了五個黑點，變成了十股黑氣，在向下緩緩移來，要和射向遙空的十股白色光氣互相銜接神氣，隱隱雷動之聲自極遙遠處傳來，雖然入耳聲音還極低微，但是入耳心悸，連峨嵋弟子功力較高的三英、二雲、鄧八姑等人，也覺得震懾不已。

妙一真人神容莊肅，手指群邪身外的寶藍光幢，道：「法王，『梵天魔咒』能使宇宙重歸洪荒，法王為洩一時之憤，造此巨孽，不怕天譴麼？」

軒轅法王面帶冷笑，口中魔咒念得更急，並不理睬。

一旁「神駝」乙休怒道：「和這等妖孽說什麼道理，待我將他這烏龜殼揭開來再說！」

語還未了，便有好幾人叫道：「駝兄不可！」

乙休性烈如火，明知軒轅法王放出，要來護住群邪和魔旛的那一幢寶藍光芒，是一件至寶，又有魔咒相護，自己未必能夠奏功，但仍是想到就做，身子遁起，髮鬚蝟張，全身紅光亂迸，自雙手十指指尖之上，射出十股金光，交叉搭向寶藍光幢之上，大喝一聲：「起！」用力向上一提，在他向上一提之際，金光暴漲，但是寶藍光幢卻是紋絲不動。

乙休神情暴怒，一聲斷喝，還待施為時，陡聽得半空中一聲大喝，道：「駝子住手！」一道金光疾射而至，現出「采薇僧」朱由穆來。

乙休向朱由穆瞪了一眼，還想說話，忽見因朱由穆的來路，一片佛光，托著一眾僧尼，已迅速向近移來。當前三僧三尼，正是白眉、天蒙、尊勝禪師和芬陀、伏曇、忍大師。後面跟著寒月禪師、一音大師。

群仙之中，苦行頭陀、屠龍師太也已迎上前去。一時梵唱之聲瀰漫全空，令人心平氣和，乙休登時怒意全消，暗暗一笑，身子一晃，回到原來位置。

三僧三尼到時，各色寶光、佛光之外，天色已格外昏暗。只見自日、月之中射出的十股黑氣，已和寶藍光幢之中升起的十股白氣相銜接，黑氣正循著白氣在向下移來。那股極其洪厲之聲，聽來更是清晰，眾峨嵋弟子知道厲害，紛紛放起法寶護身，抬頭向上看去，只見月亮、太陽看來似比平日分外為大，繞著日、月之中所現的黑點，隱隱可見寒氣烈焰正在飛騰。而向下移來的黑氣，來勢漸漸加快。等到來到離頭頂還有千餘丈之際，洪厲之極的聲音，更如驚濤拍岸，地動山搖。

其時，李洪、笑和尚已和金蟬等人在一起，各人將所有飛劍法寶，齊皆放起，重重包圍，但兀自覺得心悸。

金蟬急道：「怎麼列位師長還不施為，莫非真無人能剋制老妖的『梵天魔咒』麼？」

金蟬身邊的英瓊雖然未曾出聲，也是急形於色。

身後玉清大師道：「別急，你們沒有看到列位大師已在施展神通了麼？」

就這兩、三句話功大，天色看來更是昏暗，斜墮的日輪，看來竟成了暗紅色的一團。月色也不如平時皎潔，看來只是一片灰白色，而自日、月之中射出來的黑氣，已和寶藍光幢中射出的白氣，在遙空之上，各占一半。只聽得天蒙、白眉、尊勝禪師、芬陀、伏曇和忍大師同宣佛號，一大片佛光緩緩向外擴展，光色柔和，祥雨霏霏，將附近百里方圓照得一片光明。可是在佛光之外，卻成了一團漆黑。

在寶藍光幢之內，軒轅法王雙手齊掐著魔訣，口唇顫動益急，在法王身邊的谷辰、雪山老魅、列霸多、九烈神君和梟神娘等人，雖然全是邪派之中一等一的高手，但是也無不神情戰戰兢兢，抬頭向上，看來正在全神戒備下。

這些人邪法雖然高強，但也知「梵天咒」再一緊催，等到那十股射自日月的黑氣漸漸轉色，亙古以來未有的浩劫便將發生。到時軒轅法王還要催動來自日、月的無限力量去應付敵人，未必能兼顧別人，各自將邪法準備停當，以便到時謀求脫身之法。

來自日、月的那十股黑氣，仍在急速下降，離頭頂還有幾百丈，所發出聲音之洪厲，幾乎令得人人面上變色，向下看去，在那一大片佛光照耀的範圍之內，已是群峰搖盪。在佛光籠罩的範圍之外，雖是一片黑暗，但運用慧目看去，可見大地起伏，如同整個大地已皆被融化一樣，處處山頭，皆有火焰冒起。

相隔還如此之遠，威力已是如此之大，真難想像到了近前，是怎生一副模樣！而那十股黑氣，沿白氣而下，到了離頭頂有數百丈高處，突然停了一停，突然自黑氣之中，迸出一點火星來。那點火星閃了一閃，便聽得「轟」地一聲巨響，十股黑氣盡被點燃，成了十股火柱，轟轟發發之聲，震耳欲聾，又開始向下移過來。

那十股火柱，來到離頭頂只有百十丈處，看來也不過丈許粗細，可是勢子之威猛，無出其右。眾峨嵋弟子身子在重重寶光包圍之下，也覺得灼熱無比，難以忍受。看眾仙長時，已在一片金光護身之下，各自伸手指向四面八方，似正在施法，阻止群山崩塌。

三僧三尼在佛光繞體之下，正自抬頭向上，也看不出有任何施法，眾弟子正在心急無比之間，忽聽尊勝禪師大喝道：「西方佛祖座前，阿難尊者將現金身，軒轅還在執迷不悟麼？」

隨著尊勝禪師的呼喝之聲，只見天際遠處，陡地現出一朵金蓮，光芒萬道，冉冉而來。看來來勢並不甚快，但是才一出現，便已到了眼前，廣達十畝。

一到了近前，金蓮之上，一片佛光閃過，現出一個身高百丈，全身祥光瀲灩，靈光霏霏的羅漢金身，雙手伸處，已將十股火柱一起捏在手中，一面仍向下面各人點頭微笑。

十股火柱的下落之勢，本來正在逐漸加快，一被捏住，立時停止，反向上升去，只剩下極細的十道紅絲，似是阿難尊者指下的漏網之魚，仍在向下射來。

轉眼之間，火柱向上升回，阿難尊者金身也在向上起升，金光燦然，已升到極高的遙空之上。寶藍光幢之中，軒轅法王本來一直端坐不動，自阿難尊者金身一現，便站了起來，看來神情又驚又怒，手忙腳亂，口中不斷發出厲嘯之聲。自光幢中射出的十股白氣，看來也格外蓬勃，但是挨著金蓮所發出的金光，便自消滅。

及至阿難尊者升空，法王更是滿面神情獰厲，一聲怒吼，雙臂一振，全身法衣盡脫，自身上飛起一蓬烏金色的光雲來。但也就在此際，那十股極細的紅絲，也已向下射來，射向寶藍光幢。

那寶藍光幢，連經諸般奇珍異寶，絲毫未損，此際那十股紅絲一射過來，竟是一射即入，直透進光幢之中，光幢中群邪像是知道不妙，各自發出厲嘯聲，但是紅絲射進光幢，立時一下巨震，爆裂開來，變化實在太快，只聽得一下接一下，接連十下巨震聲過處，寶藍光幢依然，光幢之內，一片混濛，妖煙邪雲翻翻滾滾，群邪皆已不見。

眾峨嵋弟子正不知發生了什麼事之際，天蒙、白眉兩禪師已自向前，雙手略搓，各自發出一團佛火，圍住寶藍光幢，燃燒起來。只聽得光幢之內尖嘯慘叫之聲不絕，迅速由高而低，終至只聞嗚咽之聲。

屠龍師太雙手合十，朗聲道：「善哉，佛法無邊，阿難尊者用太陽、太陰巾亙古以來蘊藏的無比力量，已將群邪震死了！」

屠龍師太語還未了，便見遙空之上，金光一閃不見，日月重復常態，四外清明，清光大來，遠近山巒大地，也在群仙施法之下，漸漸由震盪而變成靜止。只見謝家姊妹首先起立，將「七寶金幢」收去。余英男也跟著收了「離合神圭」，向眾師長飛來。

列位仙長正要過去和三僧三尼相見時，尊勝禪師雙手合十，道：「『梵天魔咒』雖被阿難尊者破去，未竟全功。」

尊勝禪師道：「適才地動山搖，在人間已不知造成多大災害，山崩地搖，大河改道，生靈塗炭，正是修外功的好時機。這幢寶光，本是西方伽女的至寶，急切之間也還未能將之煉化，我們還得花上些時日才能奏功，不必多禮，就此別過了！」

語還未了，一片佛光已托著六人升空而起。白眉、天蒙二人所發的佛光，仍將寶藍光幢圍在中間，一起升空，轉眼不見。

眾人心知在光幢之內的眾妖人，連軒轅法王在內，無一倖免，俱皆鬆了一口氣。

妙一真人朗聲道：「眾弟子各到太元洞等候晉見！」金光閃耀，眾仙長紛向山中飛去。

眾弟子仍以鄧八姑、齊靈雲為首，男的以阮徵、申屠宏為首，在太元洞前降落，恭候師長召見，不多久，只見洞門大開，各色寶光飛射而出。眾弟子恭送各派仙長離去之後，魚貫入洞。只見本門師長，妙一真人、妙一夫人居中而坐。

各人禮見之後，妙一真人正色道：「這次鬥法，西方佛祖座前阿難尊者現金身，施神通，將梵天魔咒破去，令施咒者反害自身。幾個巨慝大惡雖然消除。但道高一尺，魔高一丈，我輩使命未完，爾等必須謹遵師命。從今日起，各師長都需閉關修煉，靜候成道，你們在外積修外功，守望相助，不可怠忽！」

眾弟子齊聲答應，妙一夫人也道：「除紫雲宮需重建外，各人皆有自修道之所，可照以前分配靜修，各憑資質機緣。以你們根骨而論，只要勤於練功，必可成道！」眾弟子又恭聆訓誨。

妙一真人一揮手，眾弟子遂魚貫退出，在峨嵋暢敘數日，便各自分途他去。

峨嵋三次鬥劍之後，群邪死傷狼藉，幾個巨惡盡皆遭殲，眾峨嵋弟子下山之後，各自行道，瑣事不需詳述，《紫青雙劍錄》一書，千頭萬緒，至此也告一段落了！

（全書完）

# 【附記之一】

## 續寫說明

原著五十五集，已經增刪、標點、評注完畢。對原著增的少，刪的多，所刪去的部分，當在一半以上。除了大段節外生枝的情節，如紫雲三女的來歷、僥倖之國的紛爭、臥雲村主嫡庶爭寵的經過等，都是整集整集地刪去。因為這些情節不但與全書無關，而且未見精彩，看得使人發悶。

刪去最多的是原著中「預授錦囊」的描寫。在原著中，每一件

事發生之前，例必由當事人的師長，或是前輩人物，向當事人作一番指示，指示十分詳細，對事件的始末以及結果全包括在內，然後，再發生事件，一切全照預算進行。原作者的這種安排，對於驚險緊張的效果，全不顧及，任何重大事件，皆早已洞悉前因後果，看來還會有什麼趣味？所以刪去。

其餘刪去的部分是原著中的許多重大鬥法場面，往往從正派、反派兩面的角度，作兩次重複的描述——加上預先的指示，有時有三次重複之多，也大都刪去，只保留一次描述。

再有一些實在無關緊要的人物，也全刪去，但是有些人物雖然無關緊要，可有可無，但是因為出場寫得神奇，也加以保留，如最後身子可以化為兩半的沐紅羽；如一出現之後就沒有了下文的「青兒」；如開碑取經的花無邪等等，當然在保留的過程中，也作了簡化。

以上是「刪」的一些經過。

在「增」的方面，並不很多，大都是刪去了原著之後的一些接頭文字，或將刪去的情節，作一些簡單的補充。

在改動方面，主要的是在幾個重大的邪派人物身上。如綠袍老祖，原著中在第十一集，便形神皆滅於三仙二老的「生死晦明幻滅微塵陣」之中，將之改動得在地肺的一個氣泡之中潛修。

「血神子」鄧隱在峨嵋開府時一出山，還未生事，便遭殲滅，也改為逃走——並且還在逃走時，將一個高手猿長老殺死，吸走了猿長老的數百年苦練之功，神通更為廣大。之所以這樣改動，並非是偏愛邪門人物，而是考慮到原著中屢次提及的峨嵋三次鬥劍時，正邪雙方的力量均衡問題。

「峨嵋三次鬥劍」在原著中屢次提及，一定是原作者結束全書的安排，但是原作者信筆天河，越寫越廣，照原著看來，峨嵋第二代弟子，甚至第三代弟子法力越來越高，又個個仙根仙骨，奇珍異寶，萬邪不侵，在那樣情形下，三次鬥劍還有什麼好鬥？根本正邪雙方不必動手，已經勝負立判了！

所以，要在原著之中，保留幾個邪派中的高手，以便和原著中屢次提及，但未曾出現的另外幾個高手，如哈哈老祖、軒轅老怪，以及西崑崙星宿海上魔教祖師（原著中沒有名字，已定名為星宿神魔）等等，組成一個反派的勢力。

而且，在續寫中，讀者當會發現，小一輩的奇珍異寶，不會那樣無往而不利，一帆風順，多少會遇到挫敗和傷亡，同時，會集中寫幾個主要的人物，如三仙二老、一子七真、三英二雲、金蟬、朱文、癩姑、易靜等人；次一等的人物，實在太多，也無法一一交代，只好採取不了了之的方法。

在「標點」方面，不經其事，不知標點之難，原作者的筆法，一氣呵成，中間幾乎完全沒有停頓，一個個逗號用下來，想要用一個句號作結，有時竟不可能。在這樣情形之下，惟有改動原來句子的結構，才能用上一個句號。好在原作情節變幻極豐，標點出錯，也不會有人注意。「評注」並不太多，除了開始時對一些特有名詞稍作解釋之外，其餘都是一己的心得。

而那些特有名詞，對於熟讀原著的朋友而言，也是根本不必加以注釋的。自從著手以來，發現原書極其奇妙，其對人的吸引，似乎也講「機緣」。

喜歡這部書的朋友，不論是多少年之前看過，一看之下，便成為終身愛好，一提起就津津有味。而不喜歡的人，卻一點也看不進去，各走極端，甚少中間分子。但原著始終是小說中的一大奇蹟，中一程度而喜愛小說者，即可看出味道來，其後更是越看越有滋味，希望在續寫之中，能保持原著精彩。

提起續寫，早在幾個月前，便已經開始形成一個沉重的精神負擔，有時往往徹夜難寐，考慮是否力足勝荷。千思萬想下來，還是力有未逮，可是當時將事情承攬了下來，而且也是多年來的心願，在鴨子被趕上架之後，即使不手舞足蹈一番也難以下架了，是以只好勉力而為。

——倪匡

# 【附記之二】

## 續完後記

續完了，其實是續不完的，再要高，只怕五百萬字，一千萬字，一樣可以寫下去。隨便在書中揀一個主要人物，都可以寫上百萬字。這是因為原著所留下的問題實在太多，留給續寫人的材料實在太多的緣故。這樣的一部奇書，真是世所罕有。

續寫的數十萬字之中，以熱鬧的情節佔多數，在熱鬧的情節中

求人物的「結果」——不敢說故事的發展，因為故事不能求發展，一發展只怕非兩三年莫辦。單是熱鬧的情節，應付也自不易。一個「峨嵋三次鬥法」，寫了將近五萬字，看起來仍有「草草了事」之感，事實上，若要拉長來寫，這次大鬥法，只怕可以寫上百萬字之多，不過考慮到讀者是否會感到興趣，只有力求其精。

在續寫的數十萬字中，對書中最主要的人物，總算都有了交代。至於第二代弟子中的主要人物，如三英二雲等，是沒有法子寫到她們修成正果的，因為她們修道年淺，修成正果，不知何年何月了。自己最滿意的結局安排，是丌南公，讓他做了一件好事，立成正果，白日飛升。其次是紫清玉女沙紅燕，叫她跟了屠龍師太。一直對沙紅燕這個角色相當喜愛，大約是由於她是「旁門中第一美女」之故吧？

還有是干神蛛、朱靈這一對苦夫婦，有了較好的結果。至於許飛娘交在綠袍老祖手裏，有點戲謔的味道，也算是許飛娘這個性好挑撥是非的婆娘應有之報。

在經過刪改和接駁了一段上去之後，勉強可以算是「結束」

了。其實像這樣的奇書，就算再多寫幾百萬字，結束時分，一樣會給人以「草草了事」之感的。

這部小說，留給讀者以無窮的想像力，幾乎每一個人都可以根據自己的愛、惡，去想出許多情節來，自己接駁上去過癮一番，而且可以永遠想下去。從過去寫到未來，可以無窮無盡！

（本書開始時點明年代是滿清入關，結束時究竟是什麼時代，已不可考，因為絕不記述人間的事，只寫神仙故事。）

續寫本來是一件超負擔的事，自知力有未逮而勉力為之，結束後，引一句《紅樓夢》中的對白來表示自己的心境：「補雖補了，到底不像，我也再不能了！」

——倪匡

天下第一奇書

# 紫青雙劍錄 10 吸星・決鬥〔大結局〕

作者：倪匡 新著／還珠樓主 原著
發行人：陳曉林
出版所：風雲時代出版股份有限公司
地址：10576台北市民生東路五段178號7樓之3
電話：(02) 2756-0949
傳真：(02) 2765-3799
執行主編：朱墨菲
美術設計：許惠芳
業務總監：張瑋鳳
出版日期：2023年5月
版權授權：倪匡
ISBN ：978-626-7153-67-3
風雲書網：http://www.eastbooks.com.tw
官方部落格：http://eastbooks.pixnet.net/blog
Facebook：http://www.facebook.com/h7560949
E-mail：h7560949@ms15.hinet.net
劃撥帳號：12043291
戶名：風雲時代出版股份有限公司

風雲發行所：33373桃園市龜山區公西村2鄰復興街304巷96號
電話：(03) 318-1378　　傳真：(03) 318-1378
法律顧問：永然法律事務所 李永然律師
北辰著作權事務所 蕭雄淋律師

行政院新聞局局版台業字第3595號 營利事業統一編號22759935


**定價：299元**



國家圖書館出版品預行編目資料

天下第一奇書之紫青雙劍錄／還珠樓主 原著；倪匡 新著. -- 臺北市：風雲時代出版股份有限公司, 2022.11
冊；　公分.
ISBN : 978-626-7153-67-3（第10冊 : 平裝）

857.9　　111016918